Coverbild: Rapsfeld bei Bavenhausen

29. April 2007

Daniel Schwen

Thomas Schreibzeiger

Lucy
»Ich steige aus!«

Bibliografische Informationen der deutschen Nationalbibliothek:

Die Deutsche Nationalbibliothek verzeichnet diese Publikation in der Deutschen Nationalbibliografie; detaillierte bibliografische Daten sind im Internet über http://dnb.dnb.de abrufbar.

© 2016 Thomas Schreibzeiger

Herstellung und Verlag:

BoD - Books on Demand, Norderstedt

ISBN: 9783741274381

1

Es ist fünfzehn Uhr und gleich siebzehn Minuten. Strahlender Sonnenschein, traumhaftes Wetter. Die Fahrt in den Norden Deutschlands hat lange gedauert. Nun sind es nur noch ein paar hundert Meter bis zur Endstation. Langsam fährt der Zug auf Gleis Drei in den Bahnhof ein. Lucy sieht verträumt aus einem der rechten Seitenfenster, nimmt sodann ihre große Tragetasche zur Hand und erhebt sich. Die ungefähr einen Meter sechzig große, schlanke Blondine - sie trägt ihr Haar schulterlang - begibt sich zum Ausstieg.

Beim Verlassen des Zuges suchen die meerwasserblauen Augen der vierundzwanzigjährigen Online-Redakteurin die Umgebung ab. Viele Menschen sind nicht hier. Blick auf die Armbanduhr. Noch zehn Minuten bis zum vereinbarten Termin. Um fünfzehn Uhr dreißig sollte auch die Kontaktperson auftauchen. Nun ja, wenn das Ganze nicht, wie schon einmal, bei reinem Versprechen bleibt. Internetkontakte bergen immer ein gewisses Risiko. Heute soll es aber um etwas ganz Besonderes gehen, und recherchiert hat sie diesbezüglich gewiss noch ausgiebig *vor* Antritt ihrer Reise. Lucy möchte sich für die kommenden vier Wochen in eine so genannte *Aussteigersiedlung* begeben. Solche gibt es in den unterschiedlichsten Varianten. Sie hat sich am Ende für die - zunächst erstmal vermeintlich - seriöseste, beziehungsweise *normalste* Gruppe entschieden.

Nach den geplanten vier Wochen Aufenthalt soll zu dem Videotagebuch, welches ein sehr wichtiger Bestandteil ihrer Arbeit darstellen wird, auch ein großer, ausführlicher Artikel in diversen Tageszeitungen veröffentlicht werden. Nun gut, so viel zum Projekt. Aber wo bleibt eigentlich die Kontaktperson?

Die junge Frau zückt ihr Smartphone, um Armin - er soll sie hier abholen - zu erreichen. Kaum hat Lucy die Nummer gewählt, hebt der Mann auch schon ab.

»Hallo?«

»Ja - hi! Kommst du gleich? Ich bin seit ungefähr zehn Minuten da!«, sagt sie.

»Aaah, du bist das, okay!«, lacht Armin.

Die relativ laute Hupe eines PKWs lässt Lucy schlagartig zusammenzucken. Okay, ihr Kontaktmann hat seinen silbermetallic-farbenen Golf circa zehn bis zwölf Meter hinter ihr abgestellt.

Armin ist zweiunddreißig Jahre alt, etwa einen Meter fünfundachtzig groß, kein Bartträger, hat kurze, aschblonde Haare, braune Augen, und wirkt normalgewichtig. Er winkt Lucy zu sich. »Irgendwie ist mir schon mulmig«, denkt sich die junge Blondine, geht nun auf ihn zu. Die Beiden begrüßen sich per Händedruck.

»Hallo Armin!«, sagt sie, und denkt sich während dessen, »Ja, er sieht tatsächlich genauso aus wie im Netz!«.

»Hallo! Also gut, Lucy. Wir haben ja via Skype schon alles besprochen. Ich schlage vor, dass wir uns direkt auf den Weg machen!«, sagt er.

Sie steigen in den Wagen, legen sogleich die Sicherheitsgurte an, unterhalten sich zunächst über belanglose Dinge. Darüber, wie die lange Zugfahrt verlaufen ist und welche auf dem Weg liegenden Orte eventuell auch mal einen Besuch wert sein könnten. Schnell haben sich die Zwei nun doch etwas verquatscht. Armin startet erst jetzt den Motor. Der wirklich interessante Teil der Reise beginnt.

2

Die Autofahrt führt über Prenzlau nach Grünz. Lucy bewundert links und rechts des Weges ein schier endloses Meer aus Raps, und beginnt bereits jetzt mit ihrer Dokumentation. Das Foto- und Videomaterial, angefertigt mit dem etwas mehr als achthundert Euro teuren Ultra-high-performance-Smartphone, wird später schon mal auf ihre Internetseite hochgeladen. Zusätzlich muss, das ist gerade in ihrem Beruf besonders wichtig, eine Sicherungskopie angefertigt werden. Auf besonders gut gelungenen Aufnahmen sind die großen Schatten vieler Windräder auf den weiten, gelben Feldern, zu sehen. Man könnte an diesem Ort den Eindruck gewinnen, als sei man *am Ende der Welt*.

In Grünz gibt es das »Deutsche Haus«, einen abgelegenen Gasthof nahe der polnischen Grenze. Armin parkt nun dort. Das war aber so nicht vereinbart, daher sieht Lucy ihn mit offensichtlich fragendem Blick an. Es hieß doch, er bringt sie direkt zur Aussteigersiedlung!

»Äh, ja. Und jetzt?«

»Was essen.«, sagt Armin, lächelt und löst den Sicherheitsgurt. Sie tut das Gleiche. Beide steigen sodann aus dem Wagen. Nun gut, diese Gegend hier hat schon etwas Idyllisches.

»Das Dorf besteht nur aus dieser einen Allee hier?«, fragt Lucy.

»Ja«, antwortet Armin, »Okay, es gibt da noch eine abzweigende Straße. Aber das war´s dann auch. Ach übrigens: Unser endgültiges Ziel erreichen wir später mit dem Fahrrad.«

»Mit dem *Fahrrad*.«, murmelt sie, ist diesbezüglich alles andere als begeistert. Ihr skeptischer Blick folgt ihm, während er sich zum Kofferraum seines Golfs begibt und diesen öffnet.

»Voilà!«

»Aha.«, sagt Lucy, als sie zwei Klappräder darin entdeckt.

»Komm´, Essen ist echt gut hier!«, sagt Armin, schließt die Heckklappe, betritt nun einfach den Gasthof. Die junge Frau, ihr Magen könnte nun doch etwas vertragen, folgt ihm letztlich.

Im Deutschen Haus wird natürlich auch typisch deutsches Essen serviert. Während Armin sich schon auf seinen Schweinebraten mit Kartoffeln freut, hofft Lucy, dass die Wirtin ihren Wunsch nach etwas rein vegetarischem erfüllen wird.

»Wusste ich´s doch.«, sagt Armin.

»Was?«, fragt Lucy.

»Na, ich finde, du passt voll zu den Freaks.«

»Ach was.«

Nach einigen Sekunden des Schweigens kann er sich schließlich ein Grinsen nicht mehr verkneifen.

»Doch, diese Ökofreaks sind genau das Richtige für dich. Da kannste sicher sein!«, - er schüttelt den Kopf.

»Ach hör´ doch auf!«, sagt sie, muss aber dann ebenfalls lachen.

Ja, auch ihr Wunsch wird erfüllt. Ein extragroßer Salatteller. Sogar diesen fotografiert Frau Online-Redakteurin, ehe sie zu essen beginnt.

»Komm´, gib´ mal her das Ding.«, sagt Armin.

»Okay, Moment noch.«, sagt Lucy, startet die passende App für einen kurzen Videoclip und reicht ihm ihr Smartphone. Normalerweise gibt sie es nur Leuten in die Hand, die sie besser kennt, oder mit denen sie zuvor schon öfter beruflich zu tun hatte.

»Hier.«

»Alles klar, dann mal los.«, sagt Armin, während er die Vierundzwanzigjährige filmt. Lucy beginnt sogleich mit ihrem Bericht.

»Hallo Leute! Nachdem ich euch die ozeanisch weiten Rapsfelder gezeigt habe, bin ich nun mit meinem Kontaktmann in einen abgelegenen Gasthof eingekehrt. Tja, das wird es in den kommenden vier Wochen wohl nicht mehr geben. Dann heißt es, fleischlos leben. Nur das essen, was man selbst anbauen kann. Denn die Gruppe, welcher ich mich während dieser Zeit anschließe, erlaubt keine Tierschlachtungen. Es gibt diesbezüglich absolut keine Ausnahmen! Milchprodukte und Eier sind aber okay. Also, ich bin sehr gespannt, was da auf mich zukommt, und fange hier schon mal an, auf Fleisch zu verzichten. Bis nachher dann, ihr hört wieder von mir, - eure Lucy. Ciao!«

Armin zoomt auf ihren Salatteller. Er stoppt schließlich die Aufnahme. Beide lachen.

»Und? War doch gut, oder?«, fragt Lucy.

»Perfekt. Aber jetzt iss´ mal, dein Salat wird sonst kalt.«, sagt Armin.

»Ha-ha!«

»Also. Guten!«, sagt er, fängt nun an, seinen Braten zu verspeisen.

»Dito!«

Sie steckt ihr Smartphone schnell in die rechte Hosentasche, genießt dann den Salat.

3

Es ist mittlerweile schon achtzehn Uhr und vierundzwanzig Minuten. Der weitere Weg führt, wie zuvor angekündigt, per Zweirad zum endgültigen Ziel. Bergab, bis zu einem See, sind sie schon gefahren. Bis zu den Aussteigern soll es nur noch wenige Minuten dauern. War die Entscheidung, sich auf diese vier Wochen einzulassen, fernab der bürgerlichen Welt, nun okay? Oder doch der größte Fehler aller Zeiten?

Armin kommt erst in achtundzwanzig Tagen wieder. Er selbst gehört nicht zu den *Freaks*, so wie er sie immer nennt. Er ist ursprünglich, das hat sich gerade erst während der weiteren Unterhaltung unterwegs herauskristallisiert, Biologe von Beruf. Ihn interessieren nicht die »Freaks« als *besondere Individuen*, - nein, er ist vor allem fasziniert von der Tatsache, dass diese Leute völlig autark leben und damit genau das bestätigen, was schon lange Zeit *seine Rede* ist. Nämlich: »Natürlich geht das, man muss es nur in Angriff nehmen!«…

Auf moderne Technik verzichten diese Menschen aber trotzdem nicht. Im Gegenteil. Vor allem das unterscheidet diese Gruppe am deutlichsten von anderen Aussteigern. Die Selbstversorgung klappt aber im Ernstfall auch ohne Hightech. Man ist auf alle Eventualitäten vorbereitet.

Nun gut, die junge Blondine ist hierher gekommen ihrer Reportage wegen, - Armin berät ab und zu die Aussteiger, was sie noch besser machen können. Etwa beim Anbau bestimmter Pflanzen. Solche Dinge interessieren ihn. Wie hat es letztlich dann geklappt? Hat er mit seiner jeweiligen Prognose Recht gehabt? Was sollte man daraufhin als Nächstes testen? Was sollte man auf gar keinen Fall wiederholen? Diese Leute unterschiedlichen Alters, welche sich offenbar tatsächlich - warum auch immer - endgültig von der bürgerlichen Welt getrennt haben, profitieren davon. Und sie haben ja genügend Zeit, vieles auszuprobieren, ganz im Gegensatz zu den *Normalbürgern*. Für Armin sind es, wenn man so will, auf lange Sicht jederzeit kostenlos und ohne Schwierigkeit zur Verfügung stehende »Forschungsassistenten«.

Tatsächlich hat der Biologe ein beachtliches Problem bei der Hühnerhaltung schon beseitigen können. Mehrere Hähne, soviel ist allgemein bekannt, tun einander nicht gut. Die Tiere kämpfen unter Umständen derart gegeneinander, dass dies nicht selten tragisch endet. So will es eben die Natur. Normalerweise, so liest man es in sämtlicher Fachliteratur, werden spätestens dann die *störenden* Tiere geschlachtet. Nur, das Schlachten und überhaupt Fleisch zu essen, verbietet die Satzung dieser Aussteiger-Gruppe. Ja, sie haben ihr eigenes, strenges Regelwerk.

Armin hat ihnen vor ungefähr fünf Monaten befruchtete Eier von Vorwerk-Hühnern mitgebracht. Nach dem Ausbrüten, nachgeholfen wurde mit einem Motorbrüter und den Strom lieferte die Solaranlage, schlüpften die Küken planmäßig nach drei Wochen. Bei der Vorwerk-Rasse fällt auf, dass sich Hähne untereinander gut vertragen. Die Legeleistung der Hennen ist aber geringer, so sagt der Biologe. Auch der

Bruttrieb ist kaum noch vorhanden. Aber die Eier einer anderen Glucke unterzuschieben, ist zum Beispiel eine der Möglichkeiten, die es da schon mal gäbe. Ansonsten verspricht die Kunstbrut, tendenziell zumindest, laut der einschlägigen Fachliteratur bessere Erfolge. Sie steht nicht immer zwangsläufig in der Kritik.

    Weit und breit nur Land.

    Wiesen, Bäume, Bäche.

    War es jetzt richtig oder falsch,

    diesen Schritt zu wagen?

    Wo sind denn nun die Aussteiger?

    Nirgendwo ist irgendetwas zu erkennen!

    Äh, Moment mal. Was war das gerade?

    Hühnergegacker?

    »Ja, das Gegacker

    von deutschen Sperbern!«,

    sagt Armin.

Jene Rasse, bei der die »Legeleistung«
pro Henne gut und gerne
zweihundertdreißig Eier im Jahr beträgt, -
Herr Biologe weiß, wovon er spricht.
Die Vorwerk-Rasse wird
demnächst legereif sein.
Das Gackern vermittelt
sofort ein Gefühl von Frieden
und Ausgeglichenheit.
Natur!
Keine Industrie!
Stattdessen ein in Blattgrün
lackierter Bauwagen hinter den Bäumen,
welche die Aussteigersiedlung
perfekt abschirmen.
Noch ein Bauwagen in genau der
gleichen Farbe und Größe.

Acht Zweimannzelte in dunklem Blau.

Drei geräumige Wohnwägen weiter hinten.

Alle Zelte desselben Typs

sind zu einem großen Kreis angeordnet.

Maschendrahtzaun um und zwischen den

Wohnwägen verhindert, dass die

dort pickenden und scharrenden

Hühner davon laufen, oder von

Füchsen, beziehungsweise Mardern,

angegriffen werden.

Das Drahtgewebe ist immerhin

einen halben Meter tief

in den Boden eingegraben worden!

Alles Sonstige ist nicht eingezäunt.

Lucy lächelt. Endlich am Ziel!

Nun gut, aber wo gibt´s denn hier

eine Toilette?

4

Armin erklärt Lucy, die schon wieder alles auf Video festhält, dass sich in dem rechten Bauwagen der solare Wassererhitzer, wie auch das Photovoltaik-Kraftwerk befindet. Hier wird auch massig Strom in sehr großen und damit entsprechend schweren Batterien gespeichert. Im linken Bauwagen seien praktischerweise drei Duschkabinen eingebaut worden.

»Ja, und wo kann ich denn jetzt mal *für kleine Mädchen*?«, fragt sie.

»In jedem Wohnwagen befindet sich eine Toilette, und im rechten Bauwagen ist eine Campingtoilette für Notfälle.«, sagt Armin, lächelt, während er ihr auf die linke Schulter klopft.

»Mach´ die Kamera aus.«

»Wieso?«, fragt sie.

»Tja, - filmen erlaubt, solange keine Personen drauf geraten. Außer du fragst halt vorher.«

Eine Frau mit relativ kurzen, schwarzen Haaren, verlässt eben gerade gemächlich den mittleren Wohnwagen, entdeckt die Beiden, winkt ihnen schließlich.

»Komm´!«, sagt Armin, klopft Lucy noch mal auf die Schulter. Sie begeben sich nun zügig zu dieser Frau, welche der Online-Redakteurin sofort freundlich lächelnd die Hand reicht.

»Hallo, herzlich willkommen! Lucy, nehm´ ich an?«

»Ja genau.«

»Hannah. Geht schon mal rein. Ich seh´ kurz nach, wo Henry steckt.«

»Okay!«, sagt Armin.

Während Hannah, sie dürfte etwa fünfunddreißig Jahre alt sein, zu einem der Zelte geht, stürmt Lucy regelrecht zur Toilette. Armin schmunzelt, setzt sich weiter hinten im Wagen auf die dortige Eckbank. Er weiß etwas, wovon die junge Frau noch keine Ahnung hat. Es gibt gleich Probleme!

Henry, der Mittsechziger mit Halbglatze. Seine übrig gebliebenen Haare sind hellweiß. Lucy kommt gerade von der Toilette zurück und beobachtet diesen Mann, der ihr gleich seltsam vorkommt, durch eines der Fenster. Armin lacht, als er ihn da draußen schimpfen hört.

»Jessess-Maria unnn Josefff!«

Hessischer Dialekt.

»Ear seid doch nedd gónz knuschba!«, schreit Henry die unschuldige - im Gegensatz zu ihm stets freundliche und gut gelaunte - Hannah an.

»Ach Henry, jetzt lern´ sie doch erstmal kennen! Du weißt doch noch gar nicht, wie nett die Kleine ist!«, entgegnet sie.

»Mer brauche doo koi Pressebaggaaasch!«, brüllt Henry weiter.

Lucy bekommt es unterdessen mit der Angst zu tun. Armin, nun ja, ihm ist inzwischen auch anders zumute!

»I häbb´s gsään, dass se doo alles uffgnumme hot! Wenn se´s nedd lesche dudd, gibt´s uff d´ Gosche nuff!«, steigert sich der Mann weiter hinein.

»Verstehst du das?«, fragt Lucy, wendet sich Armin zu und fragt sogleich noch mal.

»Hey, *Junge*! Verstehst du was der hat?«

»Na, - er hat von seinem Zelt aus gesehen, dass du fotografiert, beziehungsweise gefilmt hast. Und wenn du die Aufnahmen nicht löschst, gibt´s *uff die Gosche nuff*!«, erklärt Armin.

»Das hättest du mir sagen müssen, Mann ey!«, schimpft Lucy.

»Der regt sich schon wieder ab, nur keine Sorge.«, sagt Armin, winkt ab, sieht weiter aus dem Fenster.

»Du hättest mir offen und ehrlich sagen müssen *was für Idioten* hier leben!«, betont sie verärgert.

Hannah betritt nun den Wohnwagen, schüttelt energisch den Kopf, lächelt kurz darauf aber wieder.

»Lass´ ihn spinnen. Denk´ nicht weiter drüber nach!«, sagt sie.

»Mit seiner Einstellung ist er allein.«, sagt Armin.

Hannah nickt. Als Lucy dazu einen Kommentar abgeben will, dahingehend, dass es während Henrys Gebrüll, also gerade noch vor wenigen Minuten, auch dem *Herrn Biologen* die Sprache verschlagen hat, klopft jemand an die Tür und betritt schließlich den Wagen.

»Hallo, ich bin die Helga!«, ruft jene Person, eine Frau Anfang Siebzig, geht nun geschwind nach hinten zu den anderen. Sie trägt ihre grau schimmernden Haare nach hinten zusammengebunden.

5

Helga nimmt neben Lucy Platz. Nach kurzem Händedruck schauen beide Frauen entsprechend erwartungsvoll zu Armin und Hannah.

»Tja, ich hab´ ja hier leider nichts zu entscheiden«, sagt Armin, »Aber meine Meinung ist, wenn der asymmetrische Krautkopf sich nicht entschuldigt, - Ausschluss aus der Gruppe.«

Hannah nickt mit Blick zu Helga. Alleine ihr Gesichtsausdruck spricht Bände.

»Ich weiß, er bringt andauernd eine gewisse Unruhe rein.«, sagt Helga.

»Vorgestern hat er mich wieder lauthals herumkommandiert, wie viel Seife ich nehmen darf!«, betont Hannah.

Armin wendet sich Lucy zu.

»Weißt du, die stellen Seifen und Mittel zum Wäsche waschen hier auch selber her!«, erklärt er.

Helga räuspert sich.

»Und obwohl wir mehr als einen Jahresvorrat davon haben, hat Henry panische Angst davor, sein heißgeliebtes Ringelblumen-Duschgel wird alle.«, sagt sie, und lacht. Für einen kurzen Augenblick lächeln auch die anderen.

»*Gel?*«, fragt Lucy.

»Ja«, sagt Helga, »Wertvolle Auszüge aus Ringelblumen, Raps, und viel, *sehr viel* Blattgel aus einer bestimmten Aloe-Vera-Pflanze.«

Lucy hört hoch interessiert zu.

»Und von wo nehmt ihr diese Unmengen an Pflanzenmaterial her? Also irgendwie muss man das doch alles erstmal züchten?«, will sie wissen.

»Unten, von einer anderen Wiese. Dort stehen auch die meisten Solarmodule.«, sagt Armin. Er meint damit eine relativ unebene Grünfläche hinter den Wohnwägen.

»Da stehen auch noch vier große Zelte für die Überwinterung unserer wichtigsten Kulturen. Hannah kümmert sich in der Regel um all das.«, erklärt Helga.

Jemand klopft drei Mal ziemlich unsanft an die Tür des Wohnwagens. Helga seufzt, erhebt sich widerwillig, geht vor und öffnet. Es ist Henry, wer sonst.

»Unn? Hot se´s glescht?«, fragt er.

»Bist *du* auf den Fotos zu sehen?«, fragt Armin aus dem Hintergrund.

»Näää, awwer mer brauche doo koi Pressebaggaaasch!«, ruft Henry nach innen.

Lucy stampft vor zur Tür, sieht ihm nun direkt in die Augen. Ihre Hände, sie reibt sie aneinander, zittern. Dann redet die junge Blondine sichtlich selbstbewusst in deutlichem, bestimmtem Ton, Klartext.

»So, und jetzt mal zu Ihnen: Ich weiß nicht, was Sie gegen mich haben. Mein Auftrag ist es, nach vier Wochen Aufenthalt hier, einen Artikel für diverse Tageszeitungen zu verfassen. Über die Aussteigersiedlung, *in der ja alles so harmonisch abläuft!*«

»A-hääsch, a-a … A-hääsch uff!«, stottert Henry, doch ehe er weiter reden kann, erhebt Lucy ihre Stimme.

»*Nur Sie*! Nur Sie alleine haben etwas gegen mich! Ich weiß zwar nicht warum, aber nur mal um es vor allem *Ihnen* gesagt zu haben: Ich bin in friedlicher Absicht hierher gekommen!«

Sie dreht sich nun abrupt um und verschwindet rasch aus Henrys Blickfeld, vereitelt somit weitere, unnötige Diskussionen. Als der »asymmetrische Krautkopf«, so wie ihn Armin genannt hat, ebenfalls im Begriff ist sich zurückzuziehen, tritt Helga an ihn heran. So schnell soll er ihr nicht davonkommen.

»Henry?!«

»Woss?«, fragt er.

»Du warst zugegen, als wir alle, ich betone, *alle*, uns einig waren, dass Lucy hier willkommen ist und ihr Videotagebuch machen darf. Du hast mit keinem Wort widersprochen. Also kannst du hier und jetzt nicht auf blöd machen!«, stellt Helga klar.

»Eich kónn ma jo souwiesou nix sóóge, desdewäie häb´ i denkt, loss´ i´s glei bleiwe!«, motzt Henry. Als er nun weiter gehen will, stellt Helga ihn, als Gruppenälteste, vor die Wahl. Sie hat sein distanzloses Verhalten endgültig satt!

»Henry! Da wir alle, ich *betone* es noch mal, *alle* (!) uns einig waren und immer noch sind, liegt es nun an dir: Entweder mit uns, - dann verhalte dich auch korrekt gegenüber allen hier. Oder du gehst!«

»Jessess-Maria unnn Jossefff!«, schimpft Henry.

»Kommt Leute. Probiert doch mal meinen Tomatensaft.«, sagt Helga zu den anderen. Alle ziehen sich prompt in den Wohnwagen zurück. Der ewige Querulant steht jetzt schlussendlich alleine vor verschlossener Tür.

»Modder-Vadder eier Kinner!«, flucht er noch, sucht dann sein Zelt auf.

In den nächsten zehn, oder auch zwölf Stunden, wird niemand mehr seine Laune ertragen müssen. Die Dämmerung bricht nun herein, Lucy erfährt endlich von der Gruppenältesten welches Zelt das Ihre ist, Armin verabschiedet sich schon mal. Er will am kommenden Morgen besonders früh seinen Rückweg antreten. Ja, ab morgen gerechnet, dauert es achtundzwanzig Tage, ehe er wieder hierher kommt, um Lucy abzuholen. Armin verbringt die Nacht im mittleren Wohnwagen. Neugierig wird der Biologe die nächsten Tage und Wochen per Internet ihr Videotagebuch verfolgen. Telefon- und Mailkontakte, so die vorher fest vereinbarte Regel, sind tabu. Bei diesem Experiment muss Lucy alleine sehen, wie sie zurechtkommt!

6

Guten Morgen,

es ist vier Uhr zweiundvierzig!

»Kikeriki-kikeriki!«

Und noch mal,

weil es ja so schön war:

»Kikeriki!«

Umdrehen, gähnen, weiterschlafen.

»Back-back-back-baraaa!«

Okay, das ist also normal hier.

Aussteigersiedlung,

um der Tretmühle des Alltags

zu entfliehen?

Weg von der typischen,

bürgerlichen Gesellschaft, um

Ruhe und Entspannung

verspüren zu können?

»Kikeriki, i-i-i-i-i?!«

So etwa?

Ja, genau so!

Lucy schafft es schließlich doch, noch mal einzuschlafen.

»Guten Morgen, Frühstück ist gleich fertig!«, ruft eine junge Frau in unmittelbarer Nähe des Zelteingangs.

»*Häää?*«, stöhnt Lucy genervt, dreht sich nur kurz um, versinkt mit ihrem Kopf auch schon wieder im Kissen.

»Komm´ einfach nach, wenn du wach bist. Ich heiß´ übrigens Gloria, hab´ das Zelt rechts neben deinem.«, sagt die kleine, schwarzhaarige Frau, die man ohne Weiteres für einen jungen Mann halten könnte. Ihre Frisur ist äußerst kurz. Man hört hier munkeln, dass sie den schwersten aller Schicksalsschläge hinter sich hat, verglichen mit den anderen Gruppenmitgliedern. Wie wohl ihre Geschichte aussieht?

Nachdem Gloria sich entfernt hat, richtet sich Lucy träge auf, spricht nun etwas zur Dokumentation auf ihr Smartphone.

»Guten Morgen, es ist sechs Uhr fünfzig. Heute ist der erste Tag nach meiner Ankunft in der Aussteigersiedlung, und meine Nerven liegen jetzt schon *total blank*! Das, obwohl ich noch gar nicht mal alle Mitglieder kennengelernt habe.«

Gloria geht vor dem Zelt in die Hocke, zögert einen Augenblick, ruft dann nach ihr.

»Lucy?«

»Äh, ja bitte?«, antwortet sie, unterbricht sofort ihren Videobericht und rutscht vor zum Eingang. Die Besucherin öffnet von außen den Reißverschluss, Lucy nimmt einen Teil der Plane zur Seite.

»Hi! Ich heiße Gloria.«, - sie schütteln sich die Hand.

»Hallo. Sag´ mal, du wohnst tatsächlich auch hier?«

»Ja. Seit zwei Jahren etwa«, sagt Gloria, »Wieso *tatsächlich auch*?«

»Na ja, du wirkst noch sehr jung. Und schon aus dem normalen, bürgerlichen Leben ausgestiegen?«, fragt Lucy.

«J-ja, schon. Mit zwanzig. Mittlerweile bin ich zweiundzwanzig. Hey, möchtest du mir vielleicht beim Eier einsammeln helfen? Wir sehen üblicherweise öfter nach, ob schon was da ist. Sicher gibt´s jetzt schon die Ersten.«

Lucy nickt und kommt aus ihren Zelt. Als die Zwei zu den Nestern unterwegs sind, begegnet ihnen Helga.

»Moin!«, ruft sie, deutet auf die Feuerstelle, welche sozusagen das gemeinsame Zentrum aller Zelte darstellt. Diese bilden, wie bereits erwähnt, einen großen Kreis.

»Hier findet gleich unsere Morgenrunde statt.«

Morgenrunde? Was hat es damit auf sich? Gloria wird es bestimmt gleich erklären, während sie mit Lucy eines der Gehege betritt und den »Hühnerstall«, genau genommen einen großen, selbstgebastelten, geschlossenen Anhänger auf vier Rädern, inspiziert. Dieser besitzt ganz hinten mehrere Klappen, welche man von außen öffnen, und so direkt in das jeweilige Nest greifen kann. Aha, es sind, um genau zu sein, fünf Nester nebeneinander. Im Ersten, kein Ei. Im Zweiten, zwei Eier und eine der Hennen. Das Dritte sowie das Vierte sind noch leer. Nummer Fünf enthält ein Ei. Zuwenig? Nein, es ist ja noch früh am Morgen.

In jedem der drei Wohnwägen befinden sich ja auch noch reichlich frische Vorräte. Im anderen Gehege, es gibt ja zwei, befindet sich außerdem noch ein weiterer, baugleicher Stall, ebenfalls auf Rädern. Längerfristig stehen also deutlich mehr Eier zur Verfügung als jetzt. Genau genommen dann, wenn die dort untergebrachten Vorwerk-Hühner legereif sind. Lucy soll die Erfahrung an Ort und Stelle machen dürfen, für sich selbst richtig legefrische Frühstückseier abzukochen. Wachsweich sollen sie am Ende sein, um auch möglichst viele der gesundheitsfördernden Nährstoffe zu enthalten. »Gute, einfach und mehrfach ungesättigte Fette«, sollen sich nicht durch zu langes, oder zu hohes Erhitzen, in »gesättigte Fette« umwandeln. Andererseits sollte man das Thema Salmonellen schon ernst nehmen!

Im rechten Wohnwagen zeigt Gloria, wie das hier funktioniert. Wasser, das professionell gefiltert worden ist, wird in einem elektrischen Solarkocher erhitzt. Alle drei Eier werden nun in das siedend heiße Wasser gelegt und nach einer ganz bestimmten Zeit herausgenommen. Eine ziemlich große, schön aussehende Sanduhr mit braun lackiertem Holzrahmen, die auf der Arbeitsfläche bereit steht, zeigt, wann es so weit ist.

Mittlerweile hat die junge Online-Redakteurin ganz schön viel über die Lebensweise der Aussteiger in Erfahrung bringen können. Die »Morgenrunde« findet immer, das heißt, an jedem Morgen statt, wenn alle wach sind. Es gibt keine exakte Uhrzeit, zu der sie stattfinden muss. Aber oft trudeln die Leute tatsächlich schon um sieben Uhr an der Feuerstelle, dem zentralen Treffpunkt, ein. Bei richtig schlechtem Wetter, ersatzweise im mittleren Wohnwagen. Nachdem alle sich darüber ausgetauscht haben was an dem jeweiligen Tag ansteht, etwa die zu erledigenden Arbeiten oder gemeinsame Unternehmungen wie beispielsweise eine Waldwanderung oder baden im See, wird gemeinsam gefrühstückt. Wer es nicht bis dahin aushält, isst einfach davor irgendetwas. Helga hat heute »Dienst« in der Küche. Will heißen, dass sie in einem der drei Wohnwägen das Essen für die Allgemeinheit anrichtet. Okay, Wildkräutersalat mit Eiern und Paprikasaft als Getränk dazu. Für Lucy klingt es zunächst einfach nur abschreckend. *Junge Löwenzahnblätter*, die ja *ach so gesund sind*. Und dann auch noch Kapuzinerkresse-Blüten in Rot und Orange, *oooh*, wie das sicher *mundet*!

Sie darf vorab ein bisschen davon versuchen. Helga bringt ihr lächelnd etwas auf einem kleinen Plastiktellerchen. »Oh bitte nein!«, denkt Lucy, probiert aber trotzdem. Das hätte sie niemals geglaubt, aber Tatsache: Es schmeckt! *Paprikasaft*, na ja. Aber auch der ist gar nicht so übel, wie sie doch letztlich feststellen muss. Alles de facto Gewohnheitssache. Was wird Frau Online-Redakteurin wohl nachher auf ihr Smartphone diktieren?

»Guten Morgen, es ist jeden Augenblick sieben Uhr fünfundzwanzig.«, sagt Helga und schaut in die Runde. Alle Mitglieder der Gruppe haben sich inzwischen um die Feuerstelle versammelt. Alle, bis auf einer. Henry.

»Henry?!«, ruft Hannah in Richtung seines Schlafplatzes, doch er meldet sich nicht.

»Ich schau´ mal nach ihm.«, sagt Gloria, steht auf und begibt sich zu seinem Zelt. Der Mann, der immer etwas zu nörgeln hat, liegt auf seiner Matte, starrt kerzengerade nach oben auf die Plane.

»*Heeenry*!«, rufen alle Gruppenmitglieder gemeinsam, sozusagen wie im Chor. Erst jetzt wandert sein Blick zu Gloria, während sie, in diesem Augenblick noch lächelnd, zu ihm hineinschaut.

»Unnn?«, fragt er nun, »Schreibt se jezzat enn Artikel iwwer uns alle doo? Odder iwwer de olde Mónn, de Henry, den se nedd leide kónn?«

Mit einem lauten Seufzer schlägt Gloria die Zeltplane am Eingang zurück in ihre ursprüngliche Position, richtet sich auf, geht wieder in Richtung Gruppe. Auf dem Weg dorthin ruft sie auffallend laut, - Henry soll es unbedingt hören: »Der Alte hat Schiss, dass Lucy ihn in aller Welt blamiert, ha!« Nach tiefem Luftholen gibt´s sogleich noch Nachschlag: »Wenn dieser Kasper wüsste, dass er längst im Word Wide Web bekannt ist und jeder über ihn lacht, würde *der* sich nicht weiter so aufführen! Ha! Der hat die Hosen voll, sag´ ich euch!«. Helga setzt noch einen drauf.

»Lucy? Ich geh´ gern´ vor die Kamera um weiter zu berichten! Das macht so langsam richtig Spaß!«, ruft sie.

»A-a, a-jezzat! I loss´ mi doch funn deere nedd beleidige! I glaab ´s gäid louss!«, schimpft Henry, kommt nun doch zur Gruppe hinzu, nimmt hyperventilierend Platz. Schweißperlen stehen ihm auf der Stirn. »A dess kónn doch gar nedd woar soi! Die waaß doch gar nedd, woss i schunn alles in de Vergóngeheit mitgmócht häbb!«, fügt er noch hinzu. Lucy versucht nun, die Situation zu entschärfen.

»Henry. Jetzt passen Sie mal auf: Ich kann doch wirklich nichts dafür, wenn andere Sie in der Vergangenheit unfair behandelt haben. Wenn das tatsächlich so war, - kann ich ja nicht beurteilen.«

»Ja awwer …«, unterbricht er, wird von Helga jedoch sofort mit deutlich ernstem Ton angefahren.

»Lass´ sie ausreden!«

»Nun gut«, fährt Lucy fort, »Ich habe kein einziges Bild oder Video von Ihnen gemacht, keine Namen in meinen Berichten erwähnt, und Manuskripte über *den ewigen Querulanten* bisher, …« - sie räuspert sich - »*… bisher* noch nicht ins Netz hochgeladen. Mehr gibt es von meiner Seite nicht dazu zu sagen!«

»Okay. Hiermit eröffne ich wieder die Morgenrunde!«, sagt Helga.

»Herrschaft Zeide noch emool! Kenne mer des nedd endlich mol onnarschda nenne?!«, motzt Henry, »*Morgenrunde*! Ha! Sou häwwä se´s immer in de Klapsmiel genennd, wenn die Verrickde mojenns kumme gmisst häwwä! Sakrament awwer aa!«

»Ah ja. M-hm. Jetzt wird mir einiges klar!«,

murmelt Lucy. Henry, der Querulant. Ein ehemaliger Psychiatriepatient. Wen wundert´s?

»Ajooo! Die Pressebaggaaasch hot mi domols noibrocht! Sou, jezz waascht dess aa mol!«, schimpft Henry, giftet sie permanent mit bösen Blicken an.

»Wer führt Protokoll?«, fragt Helga in die Runde. Yannick, ein Mann Mitte Dreißig, hebt seine rechte Hand. Mit der Linken hält er seinen mitgebrachten Tablet-PC fest. In diesen werden also jeden Tag die Protokolle eingetragen. Aber für was soll das Ganze gut sein? Wieso führt man *Protokoll* über das Aussteigerleben?

»Also ich halte fest: Henry will die Bezeichnung *Morgenrunde* geändert haben.«, sagt Yannick.

»Wer ist dafür?«, fragt Helga. Niemand rührt sich. Alleine Henry hebt erwartungsvoll seine rechte Hand.

»Gegenprobe: Wer ist dagegen?«, fragt sie nun, worauf alle außer Henry die Hand heben, - ja, auffallend hochstrecken.

»Das war eindeutig«, sagt Helga, neigt den

Kopf nach rechts und wechselt ihren Blick sofort wieder zum Protokollführer. »Yannick?«

»Hab´s notiert!«, bestätigt er, und dann geht es auch schon planmäßig weiter, woran selbstverständlich das »Modder-Vadder eier Kinner«, das sich Henry nicht verkneifen kann (oder will), auch nichts ändert.

Helga spricht verschiedene Punkte an, die Gruppe stimmt jeweils ab, oder bringt neue Vorschläge mit ein. Yannick notiert fleißig. Lucy lächelt. Mittlerweile findet sie es hier gar nicht so schlecht!

»Ach du *großer* Gott! Das Allerwichtigste haben wir ja übersprungen!«, fällt Helga plötzlich ein. Sie fasst sich sichtlich erschrocken an die Wangen.

»Ja, vor lauter Affentheater am Anfang, haben wir total vergessen, uns alle einzeln vorzustellen!«, sagt ein junger Mann und macht nun den Anfang.

»Binn i ´s widder, - päh!«, brummelt Henry wieder dazwischen. Der noch wie ein Teenager aussehende Hellblonde, vielleicht eher leptosom anmutende Typ - er wirkt tatsächlich relativ schmal - ignoriert dies, fährt ohne zu zögern einfach fort.

»Also zu mir: Mein Name ist Steven, ich bin Halbamerikaner, einundzwanzig Jahre alt und immer noch ohne Lebenspartnerin« - er lächelt - »Nun ja, so ist das eben. Jo, - Papa ist Soldat, und immer nur unbeschreiblich streng zu mir gewesen. Mutter ist leider schon früh dem Alkohol verfallen. Ich bin ein Einzelkind, habe keinen Schulabschluss, wurde andauernd zu Hause verprügelt. Man kann sich also denken, warum ich aus der bürgerlichen Gesellschaft ausgestiegen bin. Hm, na ja, was heißt *ausgestiegen*. Als ewiger Außenseiter, niemand wollte mit mir jemals etwas zu tun haben, Vorurteile halt wegen meiner Eltern, kann man auch sagen: Ich habe mich sowieso nie als Teil der *bürgerlichen Gesellschaft* gefühlt. Also blieb mir genau genommen nur noch dieser Schritt. Weg von dort, und hier meinen Frieden finden. Denn so etwas wie hier, dieses Harmonische, kannte ich zuvor nicht.«

»Das war sehr ausführlich, danke!«, sagt Lucy. Im Uhrzeigersinn kommen nun die anderen nacheinander zu Wort.

»Helga, einundsiebzig Jahre, ich bin hier die Gruppenälteste.«

»Hannah, fünfunddreißig Jahre. Nun, ich versorge meistens die Pflanzen. Mein Ex-Mann hat mich über einen relativ langen Zeitraum misshandelt, darüber hinaus noch meine Familie samt Verwandtschaft gegen mich aufgehetzt. Okay, ich muss ehrlicherweise zugeben, in der Vergangenheit auch allerhand falsch gemacht zu haben. Aber jetzt hier zu sein hilft mit der Zeit, alles Schlimme hinter mir zu lassen.«

»Gloria, zweiundzwanzig Jahre alt, schon immer Zirkuskind gewesen, bis zum Unfall meiner Eltern vor zweieinhalb Jahren. Sie sind während einer Übung aus sehr großer Höhe abgestürzt, ohne Netz. Ich hätte zwar bei den anderen Zirkusleuten bleiben können. Aber das war für mich von da an ein absolutes No-go. Obwohl ich dieses Leben über neunzehn Jahre lang gewohnt war.«

Für einige Sekunden bleibt es still in der Runde, alle halten inne. Bis schließlich Yannick weiter macht.

»Okay, …, okay. Also ich bin der Yannick, bin fünfunddreißig Jahre alt, habe früher ziemlich viel Verantwortung als gefragter IT-Spezialist in einer Firma übernehmen müssen, die mir dann fristlos gekündigt hat, wegen zu vieler Krankschreibungen. Burn-out-Syndrom, - nun, was kann ich dafür? Ich habe immer nur funktioniert. Ja, so war das! Funktioniert, wie ein Teil eines Getriebes, bis dieses dann völlig ausgelatscht war! So viel erst mal über mich, ich gebe weiter!«

»Henry. Woss soll i sóóge? I häbb nix zu sóóge. I gebb´ weiter!«

»Gut, bin ich noch dran: Sascha heiß´ ich, bin zweiunddreißig Jahre alt und gelernter Elektroniker, in der Fachrichtung Mess- und Regeltechnik. Trotz einem Schnitt von eins Komma acht keinen Job bekommen, das seit über sieben Jahren. Vor allem, weil ich nicht aus der ländlichen Gegend wegziehen wollte. Das Stadtleben ist nichts für mich. War es genau genommen noch nie.«

»Vielen Dank euch allen. Wie ihr wisst, heiße ich Lucy und bin hier, um Erfahrungen zu sammeln, wie man so als *Aussteiger* lebt. Ich bin Redakteurin, genauer, Online-Redakteurin, stelle meine Berichte sowohl schriftlich, als auch per Videotagebuch ins Netz. Ansonsten arbeite ich noch für diverse, konventionelle Zeitungsverlage und veröffentliche einige meiner Artikel in Tageszeitungen.«

»Ha!«, unterbricht Henry lautstark, »Häwwi´s doch gwisst!«

Helga räuspert sich besonders laut, Henry weicht ihren warnenden Blicken aus.

»So, dann sind wir ja durch.«, sagt Hannah, während Henry bereits aufsteht und in Richtung der Rapsfelder verschwindet.

»Lasst ihn einfach«, sagt Helga, als vor allem die Männer im Begriff sind sich ebenfalls zu erheben um ihm nachzugehen.

»Gut! Also was unternehmen wir heute? Es ist ja jetzt schon warm. Zum Mittag hin wird es sicher drückend heiß werden. Also geh´n wir zum See?«, fragt Helga. Alle Anwesenden nicken sogleich.

»Jetzt wird aber erstmal gefrühstückt!«, sagt die Gruppenälteste. Unmittelbar nach ihrer entsprechenden Geste greifen alle zu. Auch Lucy, die schon eine ganze Weile hungrig ist.

Der »alte Griesgram« ist erstmal verschwunden und taucht auch um zehn Uhr noch nicht auf. Eine der Grundregeln dieser Aussteiger-Gruppe ist es, dass immer mindestens zwei, besser aber vier Leute (also die Hälfte) alles Hab und Gut bewachen. Normalerweise kommt hier nie eine Menschenseele vorbei. Aber man weiß ja nie. Lucy, Hannah, Steven und Sascha haben diesen Job fürs Erste heute Vormittag übernommen. Jetzt, kurz nach zehn Uhr, erscheinen Helga, Gloria und Yannick wieder an der Feuerstelle. Der Vierte, der normalerweise bei ihnen hätte aufhältlich sein müssen, wäre Henry gewesen. Das hat er schon öfter gemacht, einfach davon laufen und so tun, als ob er gar nicht mehr zurückkommt. Aber spätestens in der Nacht hat er sich dann in sein Zelt geschlichen. Niemand versteht wirklich, was in ihm vorgeht. Henry ist einerseits ein typischer Einzelgänger, und dann hält er es wohl doch wieder nicht ohne die Gemeinschaft aus.

Oh nein, Hunger!

Keine Schokoriegel mehr

unter den Habseligkeiten, - ach ja,

und die Papiertaschentücher

sind auch verbraucht!

Was jetzt?

Etwas Zuckerhaltiges,

da wird sicher noch

irgendjemand eine Idee haben.

Aber Taschentücher?

Mit was putzt man sich hier

die Nase?

Sämtliches Verbrauchsmaterial

stellen die Aussteiger selbst her,

aber so etwas?

Moment mal, …

Ja, genau! Es gibt ja doch
gewöhnliches Klopapier
in den Wohnwägen!
Zur Not nimmt man dieses
zum Nase putzen.
Mein Gott, über was man sich
hier Gedanken machen muss!
Und was Süßes?
Hier gibt es garantiert keine Schokolade!
Verdammt! Jetzt rächt es sich,
regelrecht süchtig danach zu sein!
Und was jetzt?

Hannah, Steven und Sascha wollen nun zusammen mit Lucy schwimmen gehen. Badeklamotten hat sie mitgebracht. Armin hat ihr vor Antritt ihrer Reise zur Aussteigersiedlung eine Liste per E-Mail zukommen lassen, was sinnvollerweise nicht im Gepäck fehlen sollte.

Andererseits hat er vermerkt, was definitiv überflüssig ist, oder gar das ganze Experiment gefährden könnte. Autark leben heißt ja nicht, um mal ein Beispiel zu nennen, dass man einen Monatsvorrat an bestimmten Lebensmitteln einpackt, oder eine Tüte voll Batterien für den Discman! Auf moderne Technik wollen sie hier alle nicht verzichten, aber auch nicht auf Verbrauchsmaterial angewiesen sein, welches man eben nur im Supermarkt bekommt, oder im Versandhandel. Ausnahmen bestätigen die Regel, heißt es ja so schön. Ist die Ausnahme mit dem Klopapier die Einzige? Lucy erinnert sich: Armin hat ja auch gesagt, dass hier komplett auf Geld verzichtet wird. Wo kommt dann das Papier her? Und was ist, wenn doch mal neue Teile für die Solaranlage benötigt werden - sei es auch erst in vielen Jahren - oder sonst irgendetwas kaputt geht, keine Ersatzeile da sind, oder-oder-oder …?

Lucy erhält weitere Informationen von Steven. Er erklärt ihr, dass es hier in der Gegend einen Tauschring gibt. Wie so eine Art Flohmarkt, wo Helga, manchmal alleine, öfter aber zusammen mit Hannah, Dinge anbietet wie etwa den guten, selbst produzierten Löwenzahnhonig. Diesen stellen sie jedes Jahr im Überfluss her. Dafür erhalten sie stapelweise Klopapierpackungen und auch Taschentücher (aha, also doch!), oder Gelierzucker. Sonst gibt es aber, so Steven, tatsächlich keinerlei Kontakte der Gruppe nach außen.

Wenn man fragt, bekommt man normalerweise auch Antworten. Jene, die Steven ihr gibt, sind sehr aufschlussreich. Logisch, nachvollziehbar. Er ist also doch ein helles Köpfchen, wie sich gerade herauskristallisiert. Alles andere als »dumm«. Lucy erfährt sehr viel über die Wasseraufbereitung, auch, wie man ausrechnen kann, wann welcher Solarakku leer wird wenn man welchen elektrischen Verbraucher daran anschließt. Das, und so Einiges mehr. Dass der junge Mann keinerlei Schulabschluss oder Ausbildung geschafft hat, möchte sie so gar nicht glauben.

Ach, - da war doch gerade das schon irgendwie gewöhnungsbedürftige Thema »Löwenzahnhonig«. Was Süßes also! »Egal wie das Zeug schmeckt, ich brauch´ was Zuckerhaltiges!«, denkt sich Lucy, und bittet um eine Kostprobe. Steven holt sofort ein Gläschen aus seinem Zelt. Für einen Durchschnittsbürger sicher äußerst seltsam, - aber für die junge Blondine wird es langsam zur Normalität: Sie trinkt das zähflüssige Zeug aus dem Glas, so, wie ein Baby an seiner Flasche nuckelt. Es scheint also tatsächlich zu schmecken!

Wanderung zum See.

Der Weg dorthin scheint weit zu sein.

Ohne Fahrrad

zieht es sich jedenfalls ziemlich.

Der »Löwenzahnhonig« gibt aber Kraft.

Ziel erreicht!

Das Wasser ist doch noch relativ kalt.

Aber man kann sich daran gewöhnen.

Die Sonne scheint.

Das Baden im See ist sehr erholsam,

direkt wie im Urlaub!

Wer genießt eigentlich

sein Leben wirklich?

Der typisch deutsche Arbeitnehmer?

Aussteiger?

Oder, »Kommt drauf an«?

Auf was?

»Abends kommen wir auch öfter hierher«, schwärmt Steven, »Sonnenuntergang am See, und die Kröten quaken …«

»Ja, und den *Normalbürger* regt schon die kleine Kröte im Gartenteich auf. Oder, wie man ja immer sagt, *die Fliege an der Wand*.«, sagt Lucy.

»Immer das Hier und Jetzt genießen, Leute!«, ruft Sascha und taucht für einige Sekunden ab.

»Recht hat er!«, sagt Hannah zu Lucy, die kurz zum Ufer schaut, ob auch noch alle Sachen da sind. Ankommende Anrufe leitet sie bis zum

Tag ihrer Abreise auf die Mailbox um. Wichtig ist in den vier Wochen Aufenthalt in dieser quasi »eigenen Welt« nur das Posten der täglichen Videoberichte.

Elf Uhr und gleich zwanzig Minuten. Armin sitzt bei sich zu Hause im privaten Büro. Er denkt gerade an Lucy, möchte unbedingt in Erfahrung bringen, wie es so bei ihr läuft. Also dann, Schublade auf, den Tablet-PC herausholen, einschalten. Einloggen auf Lucys Seite. Aha, das neue Video ist da. Gleich mal ansehen!

»Hallo ihr da draußen! Hier bin ich wieder, und berichte weiter vom Aussteigerleben«, sagt Lucy in ihrem aktuellsten Beitrag, »Ich bin mittlerweile mit einem Teil der Gruppe zu einem See gewandert, wo wir gerade sehr viel Spaß haben! Mit dabei sind …« - sie schwenkt das Smartphone und damit die integrierte Kamera von einer Person zur anderen - »... Hannah, Steven, und Sascha!« Die Drei winken der Reihe nach, rufen »hi«, lächeln. Armin ist total verblüfft. »Wie hat sie denn das hinbekommen?«, fragt er sich selbst, lächelt ebenfalls, schüttelt während dessen den Kopf. Ihn wundert einfach die unerwartete Tatsache, dass immerhin gleich drei der Aussteiger jener bürgerlichen Welt zuwinken, von der sie doch eigentlich nichts mehr wissen wollten?!

Lucy lobt in dem Videobeitrag die Gruppe, betont aber nun doch, dass *Einer* leider bisher den *Quertreiber* markiert hat. Dieser ältere Herr sei wohl doch eher ein Einzelgänger, wisse nicht wirklich, was er eigentlich wolle. Zurzeit habe »der alte Griesgram« sich zumindest irgendwohin »abgeseilt«. Armin lacht drauflos als er dies hört, lehnt sich zurück, ruft dann bei erneutem Kopfschütteln »Oh Henry - oh Henry!« …

Ehe Hannah, Lucy, Steven und Sascha wieder die Feuerstelle erreichen und dem anderen Teil der Gruppe berichten wie schön es war, erreicht das besagte Video mehr als siebenhundert Klicks! Ja, *jemand* hat da wohl sehr viele Fans. Noch am selben Tag wird alleine dieser Beitrag mehr als zehntausendmal geteilt sein!

Wieder Hunger!

Was gibt es denn als Mittagessen?

Aha, Kartoffelauflauf mit Pilzen, vielen

unterschiedlichen Kräutern, und

zum Nachtisch Beerenkompott.

Klingt einigermaßen normal.

Gloria hilft Helga in der Küche.

Henry ist immer noch nicht aufgetaucht.

Egal. Was machen eigentlich

die »fleißigen« Hühner?

Nachsehen in den Nestern, ob wieder

frische Eier drin sind.

Siehe da, es sind gleich acht Stück!

Vor dem Essen noch

Yannick helfen,

die Wäsche zu versorgen.

Die Wäsche wird hier in der Aussteigersiedlung immer mittels zweier Campingwaschmaschinen gereinigt, die an der Solaranlage betrieben werden und tatsächlich gut funktionieren. Die eigentliche Leistung wird aber sicherlich das Waschmittel erbringen müssen. Dieses, auch von den Aussteigern selbst hergestellt, enthält unter anderem Saponine aus - man höre und staune - Kastanien. Weitere Rohstofflieferanten sind, außer wieder mal Aloe-Vera, Yucca-Palmen. Hannah züchtet sie in einem der großen Zelte hinter den Wohnwägen. Dort, wo sich wie schon erwähnt, die meisten Solarmodule befinden. Alle übrigen bedecken die Dächer der Wohn- wie auch Bauwägen.

Die frisch gewaschenen Kleidungsstücke riechen interessanterweise eher nach Blumen. Nicht nach den gerade genannten Ausgangsmaterialien für das Waschmittel. Helga erklärt nun, dass in der Tat noch Blüten mit verarbeitet werden, unter anderem Rosen. Sie haben solche nicht so oft zur Verfügung. Aber wenn jene, welche die Bauwägen verzieren, zurückgeschnitten werden müssen, nutzt man das, was andere »Abfall« nennen würden.

Niemand weiß, wie lange das noch gut gehen wird. Einfach ein Stückchen Land belagern, nach ein paar Wochen dann doch Ärger mit einem Landwirt bekommen, der sich am Ende überraschenderweise entscheidet, die Gruppe hier doch »einfach machen zu lassen«, da es sich um ein Fleckchen handelt, das er ohnehin nicht mit seinen Maschinen bearbeiten kann. Es ist viel zu uneben, mit Ausnahme der vielleicht ungefähr zweihundert Quadratmeter, auf denen die Zelte, Bau- und Wohnwägen stehen. Letztere an ihren endgültigen Bestimmungsort zu bringen, war damals ja schon eine Kunst für sich. Ringsum befindet sich stellenweise Sumpfgebiet!

Nun gut, wenn doch mal ernsthafte Probleme auf die Gruppe zukommen sollten, so haben all ihre Behausungen entweder Räder, oder es handelt sich um Zelte, die man ab- und woanders wieder aufbauen könnte. Yannick erzählt Lucy von den langatmigen *Vorträgen*, die Armin hier in der Vergangenheit abgehalten hat. In diesen sei es wiederholt darum gegangen, dass sie alle doch offiziell ein großzügiges Stück Land aufkaufen sollten. Dann sei, um sicher alle weiteren Schwierigkeiten auszuschließen, die Gründung eines »Ökodorfes« notwendig. Ach ja, das kostet ja wieder *Geld* und das *will* man doch grundsätzlich vermeiden. Man hat ja auch keins! Armin jedenfalls hat versprochen, bis zu seinem nächsten Besuch auszukundschaften, wie es andere bereits vorgemacht haben. Menschen, die in so genannten »Ökodörfern« leben. Auch bei solchen gibt es große Unterschiede. Aber wie man sich absichert, um nicht gerade massive Negativ-Überraschungen mit den Behörden erleben zu müssen, und trotzdem sein »eigenes Ding durchziehen« kann, da gibt es definitiv noch allerhand zu lernen! Lucy bringt schon mal die Idee mit ein, dass die Aussteiger-Gruppe, wenn schon nicht zur allgemeinen, *bürgerlichen Gesellschaft*, doch wenigstens Kontakt zu einem solchen Ökodorf aufbauen, und dann auch pflegen könnte. Nach ihrer persönlichen Meinung, sogar auf alle Fälle *sollte*!

Das Mittagessen mundet tatsächlich. Lucy ist nicht gerade eine Liebhaberin von Kartoffeln, aber die Kräuter holen doch sehr viel heraus. »Es ist einfach nur Gewohnheitssache!«, sagt sie nun selbst. Nach dem Abwasch ist erst einmal Mittagsruhe angesagt. Yannick, Gloria und Hannah legen sich in die Sonne, während der Rest sich in die Zelte zurückzieht. Der »alte Griesgram«, Henry, taucht nach wie vor nicht auf.

7

Ein Internetcafé, einige Kilometer von der Aussteigersiedlung entfernt. Jemand sieht sich dort Lucys Videotagebuch an. Diese Person, ein Mann mit Halbglatze, schon etwas älter, seine restlichen Haare sind hellweiß, klickt einen Beitrag nach dem anderen an und atmet während dessen schwer. Noch angestrengter, als ein ganz bestimmter Bericht an der Reihe ist. Jener, in dem Lucy freudestrahlend zusammen mit ihren drei Begleitpersonen vom See aus die Leute im Netz begrüßt. Der Mann knurrt nun, so, als sei er ein »gefährlicher Kampfhund«. Einfach extrem. Zähnefletschend. Ja, er ist mehr als nur unbeschreiblich wütend. Hass ist da gar kein Ausdruck! Er zittert auffallend, - gleich wird wohl »die Bombe platzen«! Was steht da? Alleine dieses Video hat aktuell - sage und schreibe -

sechshundertzweiundachtzigtausend-vierhunderteinundsiebzig Views erreicht?

»Jessess-Maria unnn …«, - ihm stockt der Atem. Ja, Henry. Er sitzt an Platz vier, wird von zwei Frauen beobachtet, die wenige Meter entfernt ihren Kaffee genießen. Sie schütteln die Köpfe, sehen sich gegenseitig an, beobachten dann weiter, was da geschieht. Henry erträgt das *Getuschel* nicht, dreht sich nun ruckartig zu ihnen um.

»Glotzt mi doch nedd sou bleed óóó doo hinne! Ear braucht des gar nedd zu sään!«, schimpft er, und sieht sich dann das Video noch mal von vorne an. Was er nicht mitbekommt: Immer mehr Menschen in diesem Internetcafé loggen sich auf derselben Seite ein! Das, worüber Lucy begonnen hat zu berichten, hat sich vor allem hier wie auch in benachbarten Orten herumgesprochen. Man weiß also gleich, wo man die täglichen Beiträge findet!

»Die solle mi kenne lerne! Die gónz Baggaaasch doo!«, brüllt Henry. Alle Gäste zucken kurz zusammen. Die Inhaberin des Cafés weist ihn sofort zurecht.

»Hören Sie, so geht das nicht!«

»Loss´ mer doch moi Ruuh! Du bleedi Sumpfdotterblumm!«, schimpft Henry weiter, und wird daraufhin sofort hinausgeworfen!

»Sakramentshund! So geht´s ja nicht! Du hast hier unbefristetes Hausverbot, los! Ab die Kirsche!«, schimpft die Inhaberin.

»Die móónt, dass de Olde bleed is, awwer deere gewwi bleed! De Olde is nedd bleed! Jezz wärd ear emol sään, woss de Olde alles kónn!«, brüllt er nun draußen weiter.

In der abgelegenen Gegend, zwischen sämtlichen Rapsfeldern und so genanntem »Niemandsland«, geht unterdessen das friedliche Leben weiter. Keiner hat auch nur die geringste Ahnung von dem, was Henry mittlerweile beabsichtigt. Auch am Abend ist er noch nicht bei den anderen aufgetaucht. Es gibt bald Zucchini-Scheiben in Eierpanade. Sascha bereitet sie zu, Helga soll sich auch mal ausruhen dürfen. Kürbiskernschrot und Liebstöckelblätter bilden praktisch so eine Art Grundsubstanz für die Panade. Anstelle von normalem Mehl. Auf das Mischungsverhältnis kommt es vor allem an, damit das Ganze auch wirklich hält. Wer außerdem den typischen Maggi-Geschmack mag, wünscht sich sicherlich besonders viel der genannten Blätter als verfeinernde Zutat.

Lucy, die sich zu Anfang noch Sorgen ums Essen gemacht hat, mal mehr, mal weniger, gewöhnt sich nach der doch bisher erst kurzen Zeit wirklich schnell an das, was hier *normal* ist.

Eins dürfte man als sicher annehmen können: Vitaminmangel wird hier keiner bekommen, und Mineralstoffe liefern sämtliche Kerne in guter Konzentration. Sonnenblumenkerne, - man macht sich hier die Arbeit und schält sie feinsäuberlich, enthalten auch viele wichtige Spurenelemente wie etwa Selen, Mangan, Chrom, und so einige mehr. Auf richtig guten Boden kommt es in erster Linie an. Den gibt es hier. Helga taucht ab und zu mal auf, um nach dem Rechten zu sehen.

»Oh, Sascha. Das kommt mir doch etwas zu dünn vor. Nur ein kleiner Tipp: Nimm´ etwas Kartoffelpulver, rechts in der dritten Schublade ist noch welches, und rühr´ was davon mit rein. So kannst du´s gut eindicken. Am besten lässt du die Zucchini-Scheiben zuerst etwas an der Luft vortrocknen. Das wird dann super, garantiert!«, sie klopft ihm auf die Schulter und verlässt den Wohnwagen wieder.

Sechzehn Uhr und fünfundvierzig Minuten. Brutzeln der panierten Zucchini-Scheiben über dem Lagerfeuer. In einer abgedeckten Schüssel befindet sich recht viel an Vorrat. Die ersten Teilchen sind schon fertig, - jeder kann jetzt probieren. Allen schmeckt es.

»Sascha kann was!«, sagt Helga mit einem Lächeln.

»Ja, nur den Karottensaft haben wir vergessen.«, sagt Steven. Er will gerade aufstehen, doch Lucy ist schneller.

»Ich hol´ ihn.«, sagt sie, geht sogleich federnd zum mittleren Wagen. Man merkt auf jeden Fall, dass es ihr hier in der Gemeinschaft gut geht. Steven und Yannick tuscheln nun miteinander.

»Was meinst du? Ob sie noch zu haben ist?«, fragt Steven.

»Ach, *gefällt* sie dir etwa?«, fragt Yannick grinsend.

»Jetzt hör´ doch auf, dir gefällt sie doch auch!«, entgegnet Steven und beobachtet die hübsche Blondine, als sie eine der Kühlboxen mit dem reichlich darin enthaltenen Karottensaft anschleppt.

»Die Kleine wird uns in ein paar Wochen wieder verlassen. So oder so. Mach´ dir also keine falschen Hoffnungen, Steven!«, sagt Yannick, beobachtet während dessen Lucy auffallend genau.

»Mmmh! Mit Honig?«, fragt sie nach dem ersten Schluck, und trinkt gleich mehr von der orangeroten Kostbarkeit.

Außer dem Ausflug zum See, Essen zubereiten, Abwasch, hier und da eine Unterhaltung, ist ja nichts weiter gelaufen an diesem Tag. Irgendwie wird es Lucy nun doch langweilig. Was könnte man dagegen tun? Welche Möglichkeiten gäbe es denn überhaupt noch, hier, in dieser abgelegenen Gegend? Gloria hat wohl das gleiche Problem. Sie ist aber schon länger hier, also müsste ihr doch eher etwas Passendes einfallen. Und tatsächlich, der Zweiundzwanzigjährigen fällt etwas ein.

»Lucy? Hast du Lust, mit mir und Yannick zusammen, den Solartrockner aufzubauen? Wir brauchen den morgen. Ich meine, so hätten wir wenigstens mal was zu tun, oder?

»Gern!«, sagt Lucy, folgt nun Gloria direkt zu jenem Bauwagen, in welchem sich die Solaranlage befindet. Dort lagern sämtliche Teile dieses Gerätes.

»Du, sag´ mal, was wird mit diesem Ding denn genau gemacht?«, will Lucy wissen.

»Wir trocknen damit die Unmengen an Früchten, die wir zuerst entweder in Scheiben schneiden, in kleine Stückchen, oder dünn als Mus aufstreichen, etwa bei Beeren oder Äpfeln und so was. Das gibt dann Fruchtleder. Bei Tomaten oder Paprika machen wir es so, dass wir die auch dünn auftragen, trocknen, weiter zerkleinern, - nochmals trocknen. Am Ende haben wir praktisch eine Basis für Suppen- oder Soßenpulver.«, erklärt Gloria.

Die beiden Frauen sind nun einige Zeit mit dem Aufbau beschäftigt. In der Zwischenzeit unternehmen die Herren einen Spaziergang.

Auch Yannick. Er denkt, »Ich lass´ die Mädels einfach mal machen…« Helga und Hannah holen sich ihre Handarbeitssachen nach draußen, sind am fachsimpeln. Henry ist auch jetzt noch nicht wieder erschienen. Niemand denkt gerade an ihn. Den »alten Griesgram« vermisst sowieso keiner.

Apfelchips essen am Lagerfeuer in der Dämmerung. Wasser, gerade frisch aus dem Katadyn-Filter entnommen, als Getränk. Helga zerkleinert frisch gepflückte Minzblätter, legt sie mit in ihren fünfhundert Milliliter fassenden Trinkbecher. Sie mag den kühlenden Effekt.

»Sieh´ mal«, sagt Hannah, »Die Farbe passt doch! Was würdest du sagen?«

Helga begutachtet den feinen, rauchblauen Stoff, und nickt.

»Geht doch alles mit dem Großen«, sagt sie, meint damit Hannahs Webrahmen. »Also ich würde alles schön dicht ran kämmen. Genau so wird´s perfekt! Wie findest du meins?«

»Auch gut. Doch, sieht gut aus!«, sagt Hannah. Sie stellt sich einen neuen Kissenbezug her. Helga hat Größeres vor. Eine Strickjacke soll es werden, in Beige.

Gleich ist es zweiundzwanzig Uhr. Außer Lucy und Steven, haben sich alle schon schlafen gelegt. Die Beiden legen ein paar trockene Äste nach, damit die schwache Glut noch einmal aufflammt. Diese Nacht wird offenbar ziemlich kalt werden. Sie rücken etwas näher zusammen. Eisiger Wind lässt die Zwei ein bisschen zittern, ehe das Feuer nochmals entfacht und angenehme Wärme spendet.

»Du, Steven?«

»Ja?«

»Ich hab´ da ´ne Idee«, sagt Lucy, »Wir könnten in der Morgenrunde doch eine Waldwanderung vorschlagen. Wär´ das vielleicht was?«

»Aber sicher, geile Idee!«, sagt Steven.

»Im Dunkeln, bei Vollmond. *Das* wär´s doch!«, sagt Lucy.

»Fürchtest du dich nicht, bei den ganzen Wildviechern in der Nacht?«, fragt er, worauf sie ihren Arm um ihn legt, sich überraschend anschmiegt, und mit einem liebevollen Lächeln fest entschlossen antwortet.

»Nein, - ich hab´ ja dich als *Beschützer* dabei!«

»Schade, dass wir uns nicht schon früher kennengelernt haben!«, sagt Steven, küsst sie schließlich auf die Wange.

»Mach´ das noch mal.«, sagt Lucy etwas perplex, was sich der junge Halbamerikaner nicht zweimal sagen lässt!

Wenige Minuten später haben sich die gerade frisch Verliebten in Lucys Zelt zurückgezogen. Yannick geht mit zwei Plastikbehältern in den Händen außen vorbei, bleibt kurz neugierig stehen, als nun die beiden »Turteltäubchen« abwechselnd kichern. »Ich fass´ es nicht!«, sagt er kopfschüttelnd, geht schließlich weiter. Seine Hauptaufgabe ist diese Woche das, was nicht jeder gerne macht. Der »Toilettendienst«. Heißt also, dass noch sämtliche Sammelbehälter zur etwas entfernten Grube gebracht und dort entleert werden müssen. Erde darüber schütten gehört natürlich ebenfalls dazu. Leider muss man das hier so umständlich handhaben, da kein Anschluss ans Abwassernetz zur Verfügung steht. Einen weiteren Behälter muss Yannick nun noch holen. Nächstes Mal sollte das früher geschehen, sodass nicht fast schon alles überquillt! Tüten-Einsätze, die nach einer gewissen Zeit mit verrotten, verhindern, dass die Kunststoff-Behälter eine ernst zu nehmende Infektionsquelle darstellen. Armin hat neulich diese Idee gehabt und Knall auf Fall zwölf Umzugskartons davon angeliefert. Das dürfte für »eine halbe Ewigkeit« reichen. Als Gegenleistung spart er sich dafür langfristig den Gemüse-, beziehungsweise Eiereinkauf. Eine Hand wäscht die andere!

Yannick kann es einfach nicht sein lassen und lauscht, nachdem er den letzten Eimer ausgeleert hat, erneut in unmittelbarer Nähe des Zeltes. Lucy und Steven unterhalten sich ziemlich leise. Man versteht kaum etwas. Außer, dass sie sich in den kommenden Wochen beide Gedanken darüber machen wollen, wie es weiter gehen soll, wenn Armin wieder kommt um Lucy abzuholen. Der eifersüchtige Lauscher geht nun zum rechten Wohnwagen zurück, aus dem er den letzten Toiletteneimer geholt hat. Ihm bleibt nur übrig, die Situation so zu akzeptieren, wie sie eben ist.

Ein Schatten nähert sich Lucys Zelt. Nicht der von Yannick. Der liegt jetzt müde in seinem Zelt, wird sicher bald einschlafen. Wer schleicht sich dieses Mal an?

»Hey, das kitzelt!«, kichert Lucy.

»Machst du doch auch dauernd bei mir.«, sagt Steven, lacht nun auch wieder. Der Schatten legt sich direkt über den Zelteingang! Jener Mann, dem er gehört, packt plötzlich einen Teil des Gestänges, zieht ruckartig daran, reißt somit einen der Stäbe aus er Verankerung. Als logische Konsequenz kracht daraufhin die gesamte Unterkonstruktion zusammen, - Lucy und Steven stoßen panisch verängstigt laute Schreie aus!

»Jessess-Maria unnn Jossssefff!«, brüllt der Schattenmann, rüttelt noch einmal an der Plane, wartet nun auf eine Reaktion.

»Henry, du Sauhund!«, schimpft Steven, der, genauso wie Lucy, Probleme hat, sich aus dem Gewirr zu befreien. Als es beiden schließlich gelingt, brüllt Henry auch schon weiter.

»Deeer gewwi Sauhund! Erscht kummt die Tussi doo, unn beleidigt mi iwwer des Smardfoon! I häbb´s gsään! Unn dónn wärd doo aa noch rum ghuurd!«

Als Lucy und Steven sich aufrichten, erscheinen auch schon alle anderen Gruppenmitglieder im Hintergrund. Nun ist das frisch verliebte Paar, »dank« Henry, also gleich aufgeflogen.

»Steven! Ich fordere *auf der Stelle* eine Erklärung!«, schimpft Helga. Sie wechselt ihren Blick zu Henry, macht ebenso ihm eine klare Ansage.

»*Erst* er! *Dann* du, Henry!«

Steven atmet ein Mal tief ein und aus, gestikuliert aufgeregt mit den Händen.

»Also pass´ auf Helga: Wir Zwei sind uns halt etwas näher gekommen, und …«, sagt er, wird jedoch gleich wieder unterbrochen.

»Rum ghuurd häwwä se!«, schimpft Henry

dazwischen.

»Schweig!«, brüllt Helga mit bösem Blick zu ihm.

»Wir haben nicht *rumgehurt*. Wir haben uns geküsst, ja. Ja, geküsst! Und wir lassen es uns von *dem* Menschen hier nicht verbieten!«, sagt Lucy zu Helga, wechselt den Blick zu Henry und stellt klar: »Und du? Du hältst dich aus unseren privaten Belangen raus, klar?! Sind wir denn hier im *Kindergarten* oder was?!«

»Also, ihr hattet keinen …«, beginnt nun Hannah ihre Frage, die sogleich von Lucy im Voraus beantwortet wird.

»Nein, hatten wir nicht! Und wenn? Mir reicht´s hier langsam!«

»Okay«, sagt Helga, »Ich versteh´ schon. Henry darf als Erstes das Zelt wieder aufbauen. Und Ihr Zwei kommt mal kurz mit mir.«

»Woss? I bau´ doch nedd aa noch dess verschissene Zeld uff?!«, schimpft Henry.

»Guuut, jaaa, dann guuut! Pack´ am besten gleich auf der Stelle deine Sachen und verschwinde! Na auf! Wird´s bald?!«, schimpft Helga zurück. Sie geht mit Lucy und Steven zusammen in den mittleren Wohnwagen, um dort ungestört reden zu können.

Das Privatgespräch dauert über eine Stunde. Die Gruppenälteste stellt klar, dass sie keine Geheimnistuereien mag. Wenn zwei Menschen sich mögen, oder sich lieben, dann soll es auch jeder wissen dürfen. Der »alte Dappvogel« habe hier nun nichts mehr zu suchen. Er sei zu weit gegangen. Sie als Gruppenälteste werde ihm noch heute Nacht »in den Hintern treten«, damit er seine sieben Sachen packe, und ein für alle Mal von hier verschwinde.

»Bleibt nur noch, euch beiden viel Glück zu wünschen. Also meinen Segen habt ihr.«, - nach diesen Worten lächelt sie, verlässt nun den Wohnwagen.

Henry hat sich mittlerweile einfach in sein Zelt gelegt, schnarcht jetzt ziemlich laut, was aber Helga nicht davon abhält, ihn zu wecken. Sie hat inzwischen die Nase gestrichen voll! Wer kann schon wissen, was dieser Mann als Nächstes anstellt? Nein, der hat jetzt aufzustehen. So geht es ja nicht!

»Henry!«, ruft sie ziemlich verärgert. Der aber schnarcht weiter und reagiert selbst dann nicht, als Steven hinzukommt, um unterstützend mitzuwirken.

»Man sollte bei dieser Gelegenheit genau das mit ihm machen, was er sich vorhin mit mir und Lucy erlaubt hat!«, ruft er besonders laut.

»Planänderung.«, sagt Helga.

»Wie, *Planänderung*?«, fragt Steven verdutzt.

»Wir lassen ihn schlafen. Wenn er morgen früh seine Sachen nicht packt, werden sie von uns gepackt!«, sagt Helga.

»Das heißt also, wir nehmen dann seinen ganzen Krempel, und laden ihn woanders einfach wieder ab - oder was?«, fragt Lucy, als sie gerade hinzukommt.

»Ja, und wenn ich ihm den abgestandenen Johannisbeer-Saft ins Gesicht leeren muss, der noch in meinem Zelt rumsteht! Morgen früh ist endgültig Zapfenstreich!«

Helga ist fest entschlossen, Henry abzuschieben. Wenn er nicht freiwillig geht, *wird er gegangen*. Sollten auch eventuell andere Gruppenmitglieder ihm verzeihen können, - sie kann, und sie will es definitiv nicht!

»Sorry, aber das muss jetzt sein!«, sagt Lucy, wirkt sichtlich nervös, öffnet den Reißverschluss von Henrys Zelteingang, schaut hinein und brüllt kurz, aber sehr laut, seinen Namen.

»Woss, a-a, …, woss is lous??«, stottert der Mittsechziger, dreht sich nur kurz auf die andere Seite, um auch schon wieder tief und fest weiter zu schlafen.

Lucys Wut ändert sich mit einem Mal in Schadenfreude. Das heißt, zunächst erstmal in Vorfreude darauf. Sie lächelt, verschließt den Zelteingang wieder, verkündet sodann ihre gerade neu getroffene Entscheidung.

»Hey Leute, zu dumm aber auch! Ich hab´ da noch was *vergessen*!«

»Was denn, Süße?«, fragt Steven.

»Na, mein Videotagebuch. Dem zeig´

ich´s! Der wird sich noch wundern! Ha, wär´ doch gelacht!«

»Bericht über den alten Griesgram, hä?«, fragt Hannah, - sie hat sich, so wie der Rest, inzwischen ebenfalls hier eingefunden.

»Ja genau«, antwortet Lucy, »Aber dieses Mal nehm´ ich kein Blatt vor den Mund. Ich nenne zwar nicht seinen Nachnamen, zeige nur sein Zelt von außen. Aber *der* will sicher nicht mehr hier bleiben. Sorry Leute, normalerweise kennt man ja so was nicht von mir. Aber man muss es als einen Akt der Notwehr ansehen!«

»Ich geh´ gern´ vor die Kamera um noch Einen draufzusetzen!«, sagt Steven.

»Je nachdem, was ihr da ins Netz stellen wollt, …«, sagt Helga, zögert einen Augenblick, und fährt dann fort, »Ach was. Dieses Mal halte *ich* mich raus. Ich genieße es lieber, wenn alles online steht. Yannick soll es mir dann auf dem Tablet zeigen!«

»Aber sicher!«, sagt Yannick, grinst, hat sichtlich Mühe damit, sich ein lautes Lachen zu verkneifen, als Lucy und Steven direkt mit der Aufnahme des neuen Clips beginnen. »Wenn der

Alte wüsste! …«, denkt er sich.

»Kikeriki, i-i-i-i-i!«

Es ist fünf Uhr und sieben Minuten.

»Back-back-back-baraaa!«

Stört doch sicher?

Nein, nicht wirklich.

Nicht mehr.

Am Anfang war es noch so,

aber man gewöhnt sich

schnell daran.

Man kann sich hier,

im Vergleich zum

typisch bürgerlichen Leben,

ja tagsüber immer wieder

ausruhen!

Der »alte Griesgram« schläft noch.

Was wird er sagen, wenn er

die Überraschung wahrnimmt?

Jene in, und vor seinem Zelt?

Seine gesamten Habseligkeiten sind

schon alle samt verpackt.

Bereit zum Abtransport!

Die Gruppe macht ernst!

Armin sitzt in einem Zug, ist unterwegs in Richtung Süden Deutschlands. Ein Besuch bei Verwandten steht an. Unterwegs schaut er sich per Laptop zuerst seine Mails an, löscht zunächst einige davon. Ohnehin nur Schleichwerbung. Dann noch die ein- oder andere Nachricht beantworten. Natürlich interessiert ihn gleich als Nächstes Lucys Kanal. Okay, da ist gestern zu später Stunde noch ein neues Video hinzugekommen. Zu sehen sind abwechselnd Lucy und Steven, während sie fleißig über »den alten Griesgram« lästern. Die Kamera zeigt schließlich von außen Henrys Zelteingang. Exakt davor befindet sich ein Fressnapf, den jener Bauer, dem hier das Land gehört, früher für seinen Schäferhund verwendet hat. Zoom auf denselben: Jemand hat »*Dappschädelfutter*« auf ein Papier geschrieben, und dieses direkt am Napf befestigt.

»Wisst ihr«, sagt Steven in dem Video, »Der alte tyrannisiert andauernd die ganze Gruppe. Kochen will er nix, abwaschen will er nix, - aber fressen. Ja, das kann er!«

Lucy kippt irgendwelche Salatreste in den Hundenapf, lächelt freundlich in die Kamera und kommentiert, was es von ihrer Seite aus noch zu sagen gibt.

»Jooo, und weil der Alte vor nicht all zu langer Zeit hier herumgeschrien hat, »Eich gheerd nix zum fresse, ear losst mi jo noch verhungere! Ear fresst *veel zu veel*«, müssen wir natürlich jetzt auch seinem Wunsch entsprechen und ihm seinen guten Salat zugestehen. *Uns* gehört er ja nicht!«

»Ja genau«, sagt Steven, »Und wir verwenden ja alle *viel zu viel* Seife! Unser Alter hat *paaanische Aaaangst*, dass er nicht mehr genug davon abbekommt. Nun gut, das können wir ihm natürlich nicht länger antun! Nein, das geht doch wirklich nicht! *Also guuut*: Hier bekommt er selbstverständlich auch seine Seife!«

Lucy schüttet den Inhalt eines relativ großen Eimers über Henrys Zelt. Sie verreibt alles schön, und lächelt weiter in die Kamera. Seifenschaum befindet sich nun vollflächig auf der kompletten Zeltplane! Während der ganzen Aktion schnarcht Henry unüberhörbar, merkt also von all dem nichts. Armin kann nicht mehr anders, - er muss laut drauflos lachen. Die ihm gegenüber sitzenden Fahrgäste schütteln die Köpfe. Nach kurzem Beherrschen, folgt aber noch ein weiterer Lacher. Das Video endet damit, dass Lucy und Steven zeigen, wie schön feinsäuberlich die »sieben Sachen des Alten« verpackt worden sind, um ihn gleich morgen früh - also jetzt - »zum Teufel zu jagen«. Über die Nacht hat alleine dieser Videobeitrag über hunderttausend Views erreicht! Armin hält sich mit beiden Händen den Mund zu, will nicht auffallen, läuft nun aber erstrecht rot an. Was denken wohl die Leute gegenüber?

»Ja-ja, ja seid ear noch gónz knuschba?!«, hört man Henry noch aus dem Zeltinneren schimpfen. Das war ein kleiner Nachspann, der die Lachlust nicht gerade abklingen lässt!

8

Sieben Uhr fünf. Morgenrunde ist wieder mal angesagt. Henry hat noch in der Nacht seine Sachen, die in fünf Toilettenbeuteln verpackt waren - Lucys, und Stevens Werk (!) - mit Stricken zusammengebunden, hat dann die Wanderung zum Nachbarort angetreten, um von dort aus seinen Bruder zu kontaktieren. Ihm bleibt nur das übrig, in der Hoffnung, dass der ihn dort abholt und zurück in jenes Obdachlosenheim bringt, in welchem er vor seiner Aussteiger-Zeit schon länger aufhältlich war. Mit seiner gesamten Verwandtschaft hat Henry es sich schon lange verscherzt gehabt. Nun müsste ihm doch endlich bewusst werden, was er in der Vergangenheit so alles angerichtet hat! Das seifenverschmierte Zelt war schon immer Helgas Eigentum. Sie hat alle acht dieses Typs vor ein paar Jahren für die Aussteiger-Gruppe gekauft. Yannick spritzt im Augenblick das Verschmierte mit einem Gartenschlauch ab. Regenwasser ist noch reichlich in einer der Tonnen vorhanden. Wenn die Ex-Unterkunft des ewigen Querulanten dann noch von Hannah, die sich hierfür bereit erklärt hat, innen gründlich gereinigt worden ist, werden darin höchst wahrscheinlich irgendwelche Dinge gelagert. Solche, die man hier eher selten braucht. Abbauen will es erstmal niemand. Ansonsten vor der Grundreinigung, aber erst *Morgenrunde*.

Sieben Uhr zwanzig. Im Wesentlichen war Inhalt der allmorgendlichen Sitzung, dass alle heilfroh sind, den ewigen Störfaktor endlich los zu sein. Ansonsten haben Lucy und Steven, wie am Vorabend unter sich vorab beraten, gleich die Waldwanderung bei Vollmond vorgeschlagen. Alle haben zugestimmt. Los gehen soll es am Abend, so etwa um dreiundzwanzig Uhr. Für das Frühstück ist auch schon gesorgt. Der Landwirt, dem das Grundstück hier gehört, kommt gerade per pedes vorbei, um frischen Quarkzopf anzubieten. Seine Frau hat ihn gebacken. Da sagt natürlich keiner nein. Er bittet nun Yannick darum, als Spezialist für solche Dinge, doch bitte bei Gelegenheit nach seinem privaten PC zu sehen, der nicht richtig funktioniert. Klar, einfach so wäre der Mann hier nicht aufgetaucht. Aber es ist okay. Letzten Endes müssen sie alle ja froh sein, dass sie auf seinem Gelände weiter geduldet werden! Sascha fragt, ob er denn auch mal Käse besorgen kann. »Ach, meine Idee wäre da: Wenn die Kiste wieder rund läuft, gibt´s dreißig Liter Milch gratis!«, sagt der Landwirt. Das lässt sich Yannick nicht entgehen. Helga macht bei solchen Gelegenheiten immer einen vorzüglichen Joghurt daraus, mit Früchten, für jeden der es so mag. Wichtig ist natürlich, die frisch gemolkene Milch zuerst abzukochen. Bakterienkulturen für die Herstellung von Joghurt, hat Hannah noch in Pulverform gelagert. Sollten diese nicht mehr gut genug sein, immerhin sind sie auch selbst nachgezüchtet, gibt es ja noch welche, die Armin gestiftet hat. In Form von Kapseln, die man normalerweise zur Unterstützung einer gesunden Darmfunktion einnehmen kann. Eine Nahrungsergänzung, die sechs Stämme an Laktobazillen enthält. Wenn man die Milch in einem geschlossenen, sauberen Gefäß über einen Zeitraum von sechs bis zehn Stunden konstant warm hält, - wie warm genau, weiß Helga am besten, und vorher ein paar Kapseln öffnet, das Pulver hinein streut etc., dann wird in dieser Zeit daraus schlicht und ergreifend ein besonders gesunder Naturjoghurt! Denn die genannten Mikroorganismen sind ja nichts anderes als originale Milchsäurebakterien. Am Nachmittag steht dann fest: Der Deal klappt!

Dreißig Liter Milch, die der Landwirt in einem großen, schweren Behälter anliefert, für die Reparatur des PCs. Ab und zu mal ein kurzer Kontakt mit jemandem aus der »bürgerlichen Welt«, kann also durchaus sehr nützlich sein. Vielleicht sollten sie alle mal gründlich darüber nachdenken?

Die Einnahme des Mittagessens hat sich erheblich verspätet, weil alle korrekterweise auf Yannick gewartet haben. Dafür hat Sascha wieder mal etwas richtig Gutes gezaubert: Kräuteromelette mit Röstzwiebeln, dazu Paprika-Tomatensoße. Zum Nachtisch gibt es noch Gänseblümchensalat mit Löwenzahnblättern, Kapuzinerkresse, sowie Schnittlauch. Letzteren noch besonders fein geschnitten und quantitativ nicht zu viel, um die anderen Zutaten vom Geschmack her nicht untergehen zu lassen.

Die Damen gehen nach dem Essen wieder ihren Hobbys nach. Handarbeiten, und gemeinsam beraten, was man so an Aktivitäten vorschlagen könnte, wenn es demnächst wieder heiß wird. Die Herren helfen einander sowohl beim

Abwasch als auch bei den allgemeinen Putzarbeiten. Es wird viel Quatsch veranstaltet, also auf verschiedenste Art herumgealbert, und sich schließlich doch über Henry lustig gemacht, den man doch einfach nur vergessen wollte. Jetzt, nachdem er gegangen ist, imitieren die Männer sein zuvor ständig nervendes »Jessess-Maria unnn Jossefff!«. Na ja, wenn man sonst nichts Sinnvolleres zu tun hat? …

Wie schnell doch auf einmal der Abend naht. Schon wieder Essen? Natürlich. So arg viele Kalorien nimmt man hier im Großen und Ganzen ja nicht zu sich, zumindest im Vergleich zu »Normalbürgern«. Daher kommt das Pilzragout, das Helga gerade zubereitet, gerade richtig. Für die geplante Wanderung muss auch was im Magen sein. Als Stärkungsmittel für unterwegs nimmt sich jeder Karottensaft und reichlich Löwenzahnhonig mit. Falls jemand schwächeln sollte, hat er so in seiner eigenen Trinkflasche nicht nur ausreichend Flüssigkeit, sondern auch Zucker und Vitamine. Außerdem kommt es heute nicht darauf an, wenn sich jeder zwei oder drei abgekochte Eier mitnimmt. Dazu in je einem separaten, kleinen Beutelchen, reichlich Liebstöckel als Würzmittel. Das bekannte »Maggikraut«. Eiervorrat gibt es dann zwar nicht mehr wirklich viel, aber macht ja nichts. Die lieben Hennen legen ja spätestens ab den Morgenstunden wieder neue!

Henrys Bruder hat sich nicht darauf eingelassen, den weiten Weg zu fahren, um ihm sozusagen »aus der Patsche zu helfen«, - ihn also in jenes Obdachlosenheim zurück zu bringen, in welchem er schon einmal aufhältlich war. Den weiten Weg von Bayern bis hierher, will er auf gar keinen Fall fahren, hat daher dem »alten Griesgram« klar am Telefon zu verstehen gegeben, dass es wichtigere Dinge gibt, als sich schon wieder mit ihm herumzuärgern. Außerdem sei Henry doch sehr selbstbewusst, könne das daher ja auch alleine hinbekommen. »Awwer wie dann, ohne Fahrgeld?«, hat er seinen Bruder gefragt. Die Antwort, bitter und direkt ohne zu zögern, war einfach nur: »Mir doch egal!«…

Nachdem Henry also ohne auch nur einen Cent in der Tasche jede Hoffnung aufgegeben hat, dass ihm irgendjemand hilft, kommt er auf eine äußerst dumme Idee. »Die solle´s mäigä!«, denkt er sich, schmiedet Rachepläne, wie er der Aussteiger-Gruppe möglichst großen Schaden zufügen könnte.

Ein altes Mofa nahe der Gaststätte,

von wo aus er gerade kostenlos

das Telefonat geführt hat.

Schlüssel steckt. Es ist nicht gesichert.

»Jessess-Maria unnn …?«

Henry schiebt es

zunächst langsam und vorsichtig,

dann immer schneller den Weg abwärts,

sieht sich mehrfach um.

Es ist mittlerweile dunkel geworden.

Guckt jemand? Nein?

Starten, Gas geben,

- ab in Richtung Aussteigersiedlung!

Lucy, Steven, Helga, Hannah, Yannick, Sascha und als Schlusslicht, die etwas kraftlose Gloria. Sie alle sind schon auf Waldwanderung, ahnen nicht, dass in diesen Minuten etwas passiert, was für sie alle eine absolute Katastrophe bedeutet.

»Hey Leute, *puuuh*! Nicht so schnell!«, ruft Gloria.

»Oh, Kleines! Bist du jetzt schon müde? Ich dachte, gerade *du* hättest Kondition?«, fragt Helga.

»Okay, wir machen eine kleine Pause!«, ruft Steven. Sie atmen alle durch, trinken etwas von ihrem Karottensaft.

Henry stellt unterdessen das Mofa direkt an einem der Bauwägen in der Aussteigersiedlung ab. Genau jenem Bauwagen, in dem sich sämtliche großen Akkumulatoren samt der Steuerelektronik der Solaranlage befinden. Er sieht sich vorsichtshalber in alle Richtungen genau um. Niemand ist zu sehen. Nun versucht der unglaublich Hasserfüllte die Tür des Wagens zu öffnen. Fehlanzeige, sie ist entgegen seiner Erwartung doch abgeschlossen. »A, a, a dess kónn jo goar nedd woar soi!«, schimpft Henry, überlegt nun für einen Augenblick. »Ahjoole!«, frohlockt er überraschend. Ihm ist eingefallen, dass er sein Ziel auch durch den Entlüftungsstutzen erreichen kann. Für die nichtsahnenden Aussteiger nimmt nun das Schicksal seinen Lauf!

Zerreißen eines mitgebrachten,

relativ dünnen Stofftuchs.

Mehrere Streifen davon zusammenknoten.

Deckel des Benzintanks des Mofas öffnen.

Den geknüpften Strick mit Sprit tränken!

Ein Ende davon zwischen den

Lamellen ins Wageninnere

durchschieben, darauf achten, dass es

passend an der Solarsteuerung liegt!

Tankdeckel wieder drauf.

Oh Henry, tu´ es bitte nicht!

Aber doch, er tut es!

Mit einem Feuerstein und
dem dazugehörigen Stift
entzündet Henry die
selbst gemachte Lunte.
Diese brennt sofort.
Dann macht er sich an
irgendetwas am hinteren Teil
des Wagens zu schaffen.
Mit einem hinter dem Bauwagen
liegenden, großen, entsprechend
schweren Stein, drischt er auf
etwas ein, das sich inmitten von
sämtlichem Krempel befindet.
Was er auch bezwecken mag, es
kostet ihn wohl einiges an Kraft.
Dann entfernt er sich
auf einmal besonders rasch.

Nicht all zu lange Zeit nachdem

Henry die Flucht ergriffen hat,

das Mofa hat sich noch einmal

starten lassen, gibt es eine

Serie gewaltiger Explosionen, -

der Bauwagen fliegt

regelrecht in die Luft!

Was ist nun wirklich hochgegangen?

Derartige Detonationen alleine nur

durch die Solarakkus?

Kann das wirklich sein? Ist da vielleicht

etwas ganz anderes explodiert?

Auf was hat der Mittsechziger denn

zuletzt noch mit enormer Energie

eingeschlagen?!

Die Gruppe wandert während dessen weiter und nimmt den aus geraumer Entfernung immer noch kräftigen Knall wahr.

»Was war das?«, fragt Lucy. Alle bleiben stehen um zu horchen. Schon gibt es eine weitere Explosion. Schließlich die Nächste! Sie ahnen nicht, dass die insgesamt acht Detonationen ihre großen Solarspeicher samt irgendetwas anderem, höchst Explosivem waren, gehen nun, als nichts mehr zu hören ist, weiter.

»Komisch war das eben schon«, wundert sich Steven, »Ich meine, was gibt es denn hier in der Nähe, das in die Luft fliegen kann?«

»*Aaaach*, da hat sicher wieder das Militär irgendwas getestet oder so.«, sagt Helga.

»Moment, seid mal bitte kurz still«, sagt Yannick, »Hört ihr das?«

Geräusche eines motorisierten Zweirades sind zu hören. Diese werden langsam, aber stetig, lauter.

»Gehen wir doch mal besser etwas abseits des Weges. Ich glaube, der kommt hier vorbei.«, sagt Helga.

Die Gruppe wartet nun etwas unterhalb des

Waldweges zwischen den dort relativ dicht wachsenden Bäumen. Die Geräusche werden weiterhin lauter. Offenbar fährt der-, oder diejenige, in wenigen Sekunden hier vorbei. Und Tatsache! Kurzer Sichtkontakt lässt jetzt aber allesamt stutzig werden!

»Das *glaub´* ich jetzt nicht!«, wundert sich Hannah.

»Hast du gesehen, was ich gesehen habe?«, fragt Helga.

»Das war doch Henry eben!«, sagt Steven.

»Zweifellos«, bestätigt Gloria, »Was mich jetzt aber irritiert ist: Wo hat der, - *gerade der*, das Mofa her?«

»Da stimmt doch was nicht!«, ist sich Yannick sicher.

»Du, der Henry - gell, …, der war doch schon mal in Untersuchungshaft«, sagt Sascha, »Und nach ein paar Monaten wurde er damals in eine forensische Psychiatrie eingewiesen!«

»Ich kenn´ die Geschichte!«, sagt Helga.

»Ja«, fährt Sascha fort, »Dann weißt du

auch, *wegen was* der damals eingefahren ist?!«

»Brandstiftung, irgendwelche Explosionen oder so was. Gezündelt mit Benzin.«, sagt Helga, und fasst sich sogleich an die Stirn. »Mein Gott!«, sagt sie, während Steven kehrt macht, in jene Richtung zurück geht, aus der sie alle gekommen sind.

»Wir sollten *umkehren*!«, betont er, stoppt noch mal kurz, geht dann wieder weiter als die gesamte Gruppe ihm folgt. Alle erhöhen das Tempo.

»*Kommt* Leute! Da stimmt was nicht, das merkt man doch! Ich hab´ ein sehr ungutes Gefühl!«, ruft Steven.

»*Oh Mann*«, jammert Gloria, die schon wieder etwas hinterherhinkt. »Verdammt!«, schimpft sie, holt die anderen schließlich wieder ein.

Henry ist mit dem Mofa nicht sehr weit gekommen. Nach höchstens zwei Kilometern hat es ihm seinen Dienst verwehrt, - der Tank war ja so gut wie leer! Das heißt letzten Endes:

Bis zur nächsten Ortschaft, und diese liegt relativ weit entfernt, muss also auch der »alte Griesgram« zu Fuß laufen. Da hilft auch keine seiner Standard-Fluchereien!

Nach einiger Zeit taucht ein Hubschrauber am Himmel auf. Henry gerät zunehmend in Panik, fühlt sich verfolgt. Er liegt auch gar nicht so falsch. Lucy hat längst ihr Smartphone aktiviert, die Polizei angerufen und alles gemeldet. Die nächste Feuerwehr ist jedoch weit weg. Yannick versucht mittlerweile vergeblich, mit dem Gartenschlauch den Brand zu löschen. Aber die Pumpe funktioniert auch mit einer kleinen Reservebatterie aus einem der Wohnwägen nicht lange. Ausgerechnet jetzt ist sie schwach! Da die extrem giftigen Gase nicht eingeatmet werden dürfen, jeder ist fürchterlich am husten, müssen sie letzten Endes Abstand nehmen und leider traurigerweise abwarten. Der Bauwagen brennt komplett aus, - den anderen hat es längst mit erwischt. Hier ist auch nichts mehr zu retten! Hätte man dem alten Querulanten so etwas zugetraut? Offenbar nein, obwohl der Gruppe sein Jahre zurückliegendes Delikt bekannt war!

Der Helikopter kreist inzwischen nicht mehr über das komplette Waldgebiet, sondern schwebt über einer Lichtung, wo Henry zuletzt aufhältlich war. »Haut ab do owwe! Ear kennt mi hinnerum häiwä!«, schimpft er, was ihm selbstverständlich nicht weiterhilft. Der grelle Suchscheinwerfer geht sodann aus. Nach etwa einer halben Minute wagt er sich dann wieder ein Stückchen weiter, sieht zwischendurch noch mal nach oben. »Die häwwä mi jo doch nedd gsään!«, sagt der ewige Querulant zu sich selbst, schleicht vorsichtig in einen deutlich dichteren Waldabschnitt hinein. So, als hätte der Mann noch nie zuvor ferngesehen oder sich anderweitig informiert, glaubt er sich wieder etwas mehr in Sicherheit. Eine Wärmebildkamera erfasst ihn jedoch die ganze Zeit über.

Etwa eine Viertelstunde ist nun vergangen, der Helikopter kreist inzwischen über ein größeres Gebiet, Henry rennt inzwischen, was das Zeug hält! Dass man ihn gezielt in eine Falle treiben könnte, - auf diese Idee kommt er überhaupt nicht. Wenn er noch etwas Abstand gewinnt, so sein Irrglaube, dann kriegen sie ihn doch sicher nicht mehr. Aber: »Doo hot er si geärrt!«…

Lucy weint mit den anderen, die nun ohne Energieversorgung dastehen, ohne Wasserfilter und Duschen. Auch vier ihrer Zweimannzelte haben sie verloren. Die Explosionssalve hat diese gleich mit zerfetzt! Alleine die acht großen Solar-Akkus haben mal um die fünfhundertsechzig Kilogramm gewogen, - einer alleine also immerhin schon siebzig. Jetzt ist alles nur noch Asche!

»Sorry, aber ich muss bei so etwas erstrecht meinen Job machen!«, sagt Lucy, fasst sich, diktiert jetzt einen Bericht auf ihr Smartphone. Sie filmt, wie vor ein paar Minuten als alles noch richtig in Flammen stand, noch einmal aus sämtlichen Perspektiven. Kopien davon stellt sie als Nächstes den Behörden zur Verfügung.

Null Uhr siebenundvierzig. Der Videobeitrag ist fertiggestellt und gerade online gegangen. Polizei, Rettungskräfte und Feuerwehr haben sich zum Unglücksort durchgearbeitet. Alle werden kurz untersucht. Alle. Auch Yannick und Steven, die das ganz und gar nicht wollen, andererseits aber asthmatische Pfeifgeräusche beim atmen haben.

Es bleibt schließlich bei lang andauernden Vernehmungen der gesamten Gruppe noch spät in der Nacht. Einer der Polizeibeamten stellt als Letztes klar, dass dieser Ort hier *kein Wohnsitz* ist, und sie alle sich etwas anderes, *Legales* suchen müssen. Damit hat Henry schlussendlich das erreicht, was sein gemeiner Plan war: Der gesamten Aussteiger-Gruppe die Unterkunft zu zerstören. »I häbb jo aa koi Unnerkunft mäi!«, wird er hierbei wohl gedacht haben.

9

Acht Uhr dreißig. Henry sitzt seit vielen Stunden in einer extrem schmutzigen Arrestzelle des nächstgelegenen Polizeireviers, trägt typische Sträflingskleidung, starrt die gegenüberliegende Wand an. Ein Beamter, den er bisher noch nicht gesehen hat, öffnet die Tür. Dessen »Kommen Sie bitte mit…«, hat Henry aber »einfach mal nicht gehört«.

»Unverzüglich mitkommen! Auf der Stelle, jetzt!«, befiehlt die Amtsperson in nun ernsterem Ton.

»Ear braucht mi nedd schunn wärra zu vernemme!«, schimpft der »alte Griesgram«.

»Gnädiger Herr, - *diese* Richtung!«, sagt der Beamte mit deutlich ernstem Unterton und entsprechendem Blick.

»Woss? *Gnädiger Herr*? Woss sollen dess? Hear emol zuuu! I binn enn olde Mónn, i zieg´ mer des nedd länger nei doo!«, diskutiert Henry weiter, worauf ihn der genannte Polizeibeamte rasch am linken Arm packt.

Zügig *wird er nun* zum Vernehmungszimmer gegangen.

»Biwelle - i sóóóg´ dass! Nemm´ sofort doi Worschtgriffel funn mer, orra i vergess´ mi! Hääsch, - a, a häääsch uff!«, schimpft Henry, was ihm aber natürlich keineswegs Vorteile einbringt.

»Setzen!«, brüllt der Beamte direkt in sein Ohr, als sie das Vernehmungszimmer betreten.

»Wenn d´ mi noch emol sou obrillscht, gibbt´s uff d´ Gosche nuff!«, droht der ewige Querulant, und grinst auf einmal unerwartet. Nicht, um abermals zu provozieren. Nein, er hat die hübsche, noch sehr jung aussehende Schreibkraft entdeckt, die hinten an ihrem Computer sitzend darauf wartet, seine Aussage protokollieren zu können.

»Wie jung simma dann - hää?«, fragt Henry, stets weiter grinsend. Doch das vergeht ihm nun abrupt, als ein zweiter Polizeibeamter sich lautstark räuspert, stampfend den Raum betritt und sogleich mit ernstem Ton die erste Frage an ihn richtet.

»Sagen Sie mal, wie kann es sein, dass man die Explosionen so weit gehört, beziehungsweise gesehen hat? Gibt es da etwas, das wir vielleicht wissen sollten?«

»Ear braucht nedd immer alles zu wisse - weil ear nedd alles zu wisse braucht - nóóó, wisse braucht ear nedd alles! Froog´ doch die Feierweer! Die finness souwiesou raus!«, sagt Henry nun ruhig, praktisch eher murmelnd.

»Diese Energiespeicher waren, wie unsere Recherchen ergeben haben, so schwer wie eine erwachsene Person! Jeder Einzelne von diesen acht!«, betont jener Polizeibeamte, der Henry zur Vernehmung abgeholt hat.

»Ja unn?«, fragt Henry, kratzt sich an der rechten Schläfe.

»Wir wollen *sofort* wissen, womit *Sie* nachgeholfen haben, sodass man selbst aus mehreren Kilometern Entfernung noch die Detonationen deutlich wahrnehmen konnte! Also?«, fragt der andere Beamte.

»Jezzat awwer! Jessess-Maria unn …«, beginnt Henry gleich wieder zu schimpfen, und fährt nach besonders lautem Räuspern beider Polizeibeamter fort, »… Josefff! I häbb halt noch moi olde Gasflasche hinner dem Bauwache gelagert ghadd! Ferr de Notfall, wenn emol die Solarónlaag nedd gäid!«

»Hä?«, fragen beide Beamten gleichzeitig.

»Hinner dem Holzstapel, zwischem Bauwache unn dem gónze Scheißdreck, der sunscht noch do gelagert war, - ahjoole!«, frohlockt er plötzlich, lacht höhnisch, reißt sich aber dann wieder zusammen.

Eine männliche Person, die sich außerhalb seines Blickwinkels im Flur befindet, ruft in den Raum.

»Wieso hat der Alte das überhaupt gemacht?!«

Henry dreht sich in Richtung Tür, um laut zurückzurufen.

»I häbb mi geääjadd! Unn dónn häwwi mer gsóód: I brenn´ woss ó!«

»Aaahja! Damit haben wir doch ein sauberes Geständnis!«, kommentiert die junge Sekretärin.

»Ahjoole!«, lacht Henry.

Heppenheim, Südhessen. Eine Frau sitzt vor ihrem Fernseher, zappt hin- und her. Sie findet nichts unterhaltsames, möchte das Gerät abschalten, schläft aber dann in ihrem Sessel ein. Ein Mann betritt den Raum. Armin. Die Frau Ende Siebzig heißt Anna und ist seine Tante. Auf dem Rückweg von seinen Besuchen in Bayern, wollte er unbedingt noch bei ihr vorbei schauen. Nun hier angekommen, will Armin noch mindestens zwei Tage in der schönen Stadt an der Bergstraße verbringen, ehe sämtliche anderen Verpflichtungen in Norddeutschland auf ihn warten.

Als er nun ebenfalls den Fernseher abschalten will, bleibt ihm vor Schreck der Mund offen stehen. Auf dem gerade laufenden Privatsender wird von dem Unglück in Norddeutschland berichtet. Es folgt sogar ein Interview mit Lucy und Helga!

»Die Menschen hier haben alles verloren«, sagt Lucy, »Der Verursacher des Brandes, bei dem es auch eine ganze Reihe an Explosionen gab, sitzt nun endlich in Untersuchungshaft. Er wird jedoch, davon kann man bereits ausgehen, mit an Sicherheit grenzender Wahrscheinlichkeit *keiner* Haftstrafe zugeführt!«

»Das ist auch der Stand unserer Informationen«, berichtet eine Reporterin, »Der Mann leidet offenbar an einer sehr schweren psychiatrischen Störung, und wird in absehbarer Zeit wohl wieder in jene Klink eingewiesen, in welcher er schon einmal aufhältlich war. Damals wurde seine Unterbringung in diesem psychiatrischen Krankenhaus gemäß Paragraf dreiundsechzig StGB vom zuständigen Landgericht angeordnet, weil der ältere, geisteskranke Herr ein ähnliches Delikt begangen hatte!«

»*Wir*«, mischt sich Helga ein, »Wir haben jetzt gar nichts mehr, haben keine Versicherung oder so was, wollten hier eigentlich nur in Frieden leben. Jetzt haben wir auch noch die Behörden am Hals, weil das hier …« - sie zeigt mit ihrer rechten Hand auf das, was von der Aussteigersiedlung noch übrig geblieben ist - »… *kein Wohnsitz* ist.«

»Liebe Zuschauer, wir berichten natürlich weiter vom Schicksal dieser Menschen hier«, sagt die Reporterin, lächelt während dessen weiter freundlich in die Kamera, »Wie immer um neunzehn Uhr hier auf diesem Kanal, und das live, versteht sich!«

Armin setzt sich auf die Couch, senkt den Blick, seufzt schließlich.

Justizvollzugsanstalt, Zellentrakt. Jemand brüllt in einem der Haftträume. Ein anderer Gefangener brüllt zurück.

»Jessess-Maria unn Jossefff! Jezz iss awwer mol genung!«, hört man Henry schimpfen.

»Fresse Alter!«, droht jener Gefangene, der zuerst zu hören war.

»I loss´ mi doch funn der nedd beleidige - du Scheereschleifer!«, schimpft Henry.

»Halt die Fresse du Hässlichkeit!«, kreischt schließlich der andere Gefangene.

»Jezz gibt´s uff d´ Gosche nuff!«, - nach dieser lautstarken Ankündigung fliegen im Haftraum regelrecht die Fetzen! Offenbar, so hört es sich draußen im Flur an, werden Stühle, wie auch der Tisch, als Waffen benutzt.

Plötzlich wird es still. Einige Sekunden später dann:

»Sou! Doo häbbt ear´s! Häwwi eich jo glei gsóód! Mit dem Olde läigt ma si nedd óóó! Unn jezz iss *Ruuuh* im Kaddong, orra ´s bassiert woss!«, stellt Henry klar. Als ein Schließer die Tür öffnet um nachzusehen, stampft Henry hektisch auf ihn zu.

»Brauchscht aa Oine?!«, brüllt er, worauf der Schließer postwendend die Zellentür wieder verriegelt. Die beiden Mitgefangenen liegen regungslos inmitten demolierter Stühle. Auch der Tisch sieht nicht mehr so aus, wie er eigentlich aussehen sollte! Doch Henry hört immer noch nicht auf zu randalieren, dreht jetzt erst so richtig auf, trommelt mit den Fäusten an die schwere Metalltür, röhrt wie ein Raubtier.

»Hey, Klaus?!«, ruft der Schließer gelassen in sein Handfunkgerät.

»Was gibt´s?«, fragt dessen Arbeitskollege prompt.

»Ist der Alte eigentlich schon in der Irrenanstalt angemeldet? Der ist ganz klar psychotisch, sag´ ich dir!«

»Morgen früh, sieben Uhr Abfahrt!«, bestätigt der Mann in der Zentrale.

»Ear móónt de Olde is bleed! Awwer de Olde is nedd bleed weil a nedd bleed is! Desss kónn i da saaache! Unn jezz mach´ die scheiß Deer uff, orra du wärscht emol sään, woss de Olde noch alles kónn! Onn doiner Schdell deed i ufffbasssee!«, schimpft Henry weiter, doch der Schließer zuckt nur mit den Schultern, winkt gelassen ab und geht weiter. Erst jetzt ruft er über Funk sowohl Sanitäter für die beiden Mitgefangenen, als auch Verstärkung zur Verlegung des vermeintlich psychotischen Gewalttäters in einen Einzelhaftraum herbei. Hat er »die Ruhe weg«, weil so etwas hier öfter vorkommt, oder gar an der Tagesordnung ist?

Im bekannten Internetcafé, jenem, aus dem Henry zuletzt herausgeflogen ist, sitzen zwei Männer an Platz neun, sehen dort gemeinsam die aktuellen Videoberichte von Lucy an.

»Schon voll krass, oder?«, fragt der Eine, der noch das Gymnasium besucht, und, so wie dessen Begleiter, achtzehn Jahre alt ist. Er heißt

Jochen, hat hellblondes Haar, braune Augen, trägt eine Brille.

»Schon.«, antwortet Lars, der sein relativ dunkles Haar bis auf höchstens zwölf Millimeter herunter geschoren hat. Lars´ Augenfarbe ist blau. Die zwei jungen Männer sind längst echte Fans von Lucy. Gespannt beobachten sie das laufende Video, in welchem die hübsche Blondine die Verzweiflung der Aussteiger-Gruppe deutlich zum Ausdruck bringt. Helga sagt in diesem Beitrag, dass ja niemand helfen kann, zudem sicherlich auch nicht will, - schließlich hat sich die ganze Gruppe ja ursprünglich *gegen* die bürgerliche Gesellschaft entschieden. Da passt es doch nicht, jetzt auch noch zu betteln. »Wir müssen halt jetzt sehen, wie wir klarkommen, was wir machen, wohin wir gehen.«, sagt sie. Lucy bedankt sich für die Offenheit und Bereitschaft, überhaupt etwas vor laufender Kamera zu erzählen. Das sei ja nicht üblich bei Aussteigern.

»Is doch eigentlich voll geil, was die da durchgezogen haben!«, sagt Lars.

»Ja. Aber ich würde nicht ohne die Gesellschaft auskommen. Schließlich will ich

IT-Spezialist werden!«, sagt Jochen. Er wirkt für einen Augenblick etwas nachdenklich, beachtet dann wieder den laufenden Videobeitrag.

»Hm. So jemanden gibt´s ja auch unter denen. Dieser Yannick, oder wie der heißt.«, sagt Lars.

»Ja genau. Aber trotzdem, ich weiß nicht.«, - Jochen überlegt noch mal für einen Moment, klatscht sich dann mit der flachen Hand auf die Stirn. »Aaah!«

»Was??«, wundert sich Lars, doch die Erklärung seines Kameraden folgt sogleich.

»Wie wär´s denn mit ´ner kleinen Sammelaktion? Wer weiß, vielleicht geht da was?«

»Du bist verrückt.«, lacht Lars, schüttelt den Kopf, doch dann bestärkt er Jochen in seinem Vorhaben.

»Ja, mach´ mal. Vielleicht kommst du dadurch noch groß raus, *Herr IT-Spezialist*!«

»Noch was zu trinken ihr Zwei?«, fragt Barbara, Jochens Klassenkameradin, die im

Hintergrund neugierig mitgehört hat. Beide nicken.

»Latte macchiato?«, fragt Jochen.

»Ich hol´ uns drei«, sagt sie, klopft beiden gleichzeitig mit je einer Hand auf die Schulter, - »Ihr macht das schon richtig. Also ich bin dann die erste Spenderin. Zehn Euro geb´ ich. Aber bloß nicht zweckentfremden, gell?«

»Nein, wir machen das schon ehrlich!«, sagt er.

»*Wir*?«, fragt Lars.

»*Ich*.«, betont Jochen, klopft sich während dessen demonstrativ selbst auf die Schulter.

Barbara schüttelt ihre schulterlangen, rot gefärbten Haare zur Seite, um freien Blick zu behalten. Ihre grünbraunen Augen weichen einem anderen Schüler aus, der sie zu beobachten scheint. Er besucht eine der Parallelklassen, hat neulich schon mal versucht, sie »anzubaggern«. Aber heute reicht es aus, den Blickkontakt zu vermeiden.

Sie bestellt nun wie versprochen drei Latte macchiato, sowie in gleicher Anzahl Käsekuchen mit Mandarinen.

10

Armin sitzt in der Küche seiner Tante am dortigen Tisch, wählt zügig Lucys Nummer. Sie wird doch hoffentlich so gescheit gewesen sein, und die Sperre für ankommende Anrufe wieder deaktiviert haben? Nein, sie hat es leider vergessen!

»Ja, das ist doch jetzt nicht wahr, oder?! Ich werd´ gleich zum Hirsch! Ja - Himmel, Birnbaum, und Wacholderstauden!«, schimpft er, weckt damit Tante Anna auf.

»Armin? Ist irgendwas Junge?«, ruft sie aus dem Wohnzimmer.

»Nein, alles in Ordnung Tante! Ich habe nur laut gedacht!«

»Ach so.«, sagt sie beruhigt.

»Die könnte doch ein Mal mitdenken. *Ein Mal* nur! Warum lässt die in so einer Notsituation ihr scheiß Telefon auf *ankommende Anrufe deaktivieren* stehen?!«, flucht Armin flüsternd weiter.

»Was hast du gesagt?«, ruft Tante Anna, die wohl doch noch besser hören kann als gedacht.

»Ich habe gesagt, ich komm´ gleich zu dir!«, lautet seine Ausrede, die ihm dann, *welch ein Glück*, abgekauft wird.

Lucy liegt in einem der noch übrig gebliebenen Zelte. Steven sitzt neben ihr.

»Was machst du?«, fragt er.

»Ich schreib´ Armin eine Mail.«, sagt sie, fingert an ihrem Smartphone herum, schaut zwischendurch kurz zu ihm rüber.

»Meinst du, *dem* fällt irgendwas ein? Wir müssen innerhalb weniger Stunden von hier verschwinden, haben doch die *Bullen* gesagt!«, betont Steven. Sein Blick wirkt skeptisch, als Lucy schlagartig ihre Augen weit aufreißt, den Bildschirm ihres Smartphones sofort aus direkter Nähe betrachtet, schließlich nur noch den Kopf schüttelt.

»Was ist? Zeig´ mal her!«

Steven nimmt das Gerät an sich, macht sofort ebenso große Augen. Lucy hat eine E-Mail erhalten, in welcher sich Jochen, Lars und Barbara vorstellen. Die Drei haben auf ihre neu eingerichtete Webseite verwiesen, auf der *die aktuelle Spendensumme* jederzeit einzusehen ist. Lucy sieht direkt nach, kann es nicht wirklich glauben. Steven geht es nicht anders. Es haben demnach, bis zum jetzigen Zeitpunkt, insgesamt

hundertsiebenundsechzigtausendzweihundertfünfzehn

Leute diese Seite besucht. Okay, Lucy ist ja weit und breit bekannt geworden. Aber dass tatsächlich innerhalb dieser kurzen Zeit sage und schreibe zweihundertvierunddreißig Leute etwas gespendet haben sollen? Immerhin einen angeblichen Gesamtbetrag von

achthundertneunundachtzig Euro und zwanzig Cent?

»Das kann nicht sein«, sagt Lucy, »Uns während so einem Schicksalsschlag auch noch solch einen Bären aufzubinden!«

»Ja aber, die Website ist doch echt! Die existiert ja auf jeden Fall. Fans hast du wie Sandkörner am Meer! Also freu´ dich doch einfach. Is alles echt, glaub´ mir!«, lacht Steven.

»Okay, ja. Ja gut, aber ...«, - sie überlegt einige Sekunden, »... Aber selbst wenn sich dieser Betrag noch verdoppeln würde. Ein Grundstück können wir davon jedenfalls nicht kaufen!«, sagt sie.

Eine weitere Mail geht ein. Armin hat sie geschickt mit dem ausdrücklichen Hinweis, dass »*die gnädige Frau*« doch mal endlich ihre hinderlichen Einstellungen am Mobiltelefon überprüfen soll.

»Ups! Das hab´ ich vergessen. Aaaach, wie dumm auch!«, sagt Lucy.

»Und ich hab´ mich immer nur gewundert, warum das Ding nie klingelt!«, lacht Steven.

Sie ruft Armin sofort auf seinem Handy an. Per Freisprechen reden nun alle Drei miteinander, - Armin, Lucy, sowie Steven.

»Mit fast neunhundert Euro könnten wir zumindest für eine begrenzte Zeit einen Platz mieten, oder?«, fragt Steven.

»*Ja*, aber was geschieht danach? Wenn wir wieder mit Nichts dastehen?«

»Redet mal mit euren speziellen Fans«, sagt Armin, »Bedankt euch und überlegt gemeinsam weiter, welche Möglichkeiten es eventuell noch geben könnte. Wenn die so was hinbekommen haben, fällt denen sicher auch noch mehr ein!«

Kontaktaufnahme mit

Jochen, Lars und Barbara per E-Mail.

Austausch der Handynummern.

Telefonat mit Jochen,

der vorschlägt, den Landwirt zu bitten,

die Wohn- und Bauwägen zum

nächstgelegenen Campingplatz

zu transportieren.

Vom Restgeld die Platzmiete bezahlen.

Inzwischen eine andere Grünfläche

ausfindig machen, die man für
»´nen Appel und ´n Ei«
pachten kann.
Irgendwie halt
»die Kuh vom Eis bekommen«!
Wenn an gerade mal einem Tag
fast neunhundert Euro gespendet
worden sind, vielleicht geht da ja
tatsächlich noch mehr?
Vielleicht geht der, wenn auch nur
vorläufige, Rettungsplan auf?
Was aber, wenn nicht?
Wohin kann man dann noch?
Keine Zulassung, keine Prüfplaketten
auf den Wägen!
Macht es der Landwirt überhaupt?
Er ist doch selbst mit den

Nerven total fertig, nach dem

was da alles passiert ist.

Auf *seinem* Grundstück!

11

Zwei Tage später. Jochen, Lars und Barbara fahren gemeinsam mit ihren Mountainbikes hinunter zum See. Das Wetter ist schön, die Sonne scheint. Es ist sehr warm, keine Wolke am Himmel, kein Wind der für etwas Abkühlung sorgen würde. Der deutsche Wetterdienst hat aber für den Abend in dieser Region Gewitter angekündigt. Gerade heute wird darüber hinaus besonders wegen des hohen UV-Index gewarnt. Bekanntlich soll man ja alle Hautflächen mit Sonnenschutzmittel versorgen, die Licht abbekommen. Keine Stelle auslassen. Auch im Schatten wirkt sich die Strahlung noch entsprechend aus, das sollte man vor allem dann nicht vergessen, wenn man einen helleren Hauttyp hat. So schützt man sich vor vorzeitiger Hautalterung, Sonnenbrand oder Schlimmerem. Klar, man sollte immer darauf achten, und diesbezüglich nicht leichtsinnig sein. Die Drei haben aber daran gedacht, sich vorher gut mit richtig hohem Lichtschutzfaktor einzucremen. Jene Wetter-Apps, die sie auf ihren Smartphones installiert haben, warnen sogar vor zu hoher ultravioletter Strahlung. Eine wirklich tolle

Erfindung. Aber am allerbesten ist es sicherlich, auch von alleine daran zu denken!

Dreizehn Uhr fünf. Ankunft am See. Linker Hand soll die Aussteigersiedlung liegen. Nach einer knappen halben Stunde akribischen Suchens dann die ernüchternde Erkenntnis: Den berühmten Landfleck gefunden, aber keiner mehr da!

»Das hier muss es sein!«, sagt Jochen. Barbara hält direkt rechts, Lars links neben ihm, - sie stützen sich alle jeweils mit nur einem Fuß am Boden ab, bleiben somit in Bereitschaft zum weiterfahren.

»Wow!«, sagt Jochen, starrt auf die Krater.

»Das hat sicher ordentlich gekracht!", sagt Barbara, und zeigt auf sämtliche, außergewöhnliche Löcher vor ihnen im Erdboden.

»Okay - sie sind weg. Was nun?«, fragt Jochen, wechselt den Blick zwei Mal von Barbara zu Lars.

»Fragen wir den Bauern?«, fragt Lars.

»Fragen wir den Bauern!«, bestätigt Jochen. Die Drei fahren rechter Hand weiter.

Jochen hat zwar Lucys Handynummer, doch der Besuch soll eine Überraschung werden. Also heißt es, weitersuchen, bis sie den Bauernhof gefunden haben.

Vierzehn Uhr acht.

Ziel erreicht.

Der Landwirt selbst

ist laut Auskunft seiner Frau

nicht da, woran sich

wohl bis zum späten Abend

nichts ändern wird.

Gerda, die kleine,

etwas dickliche Bäuerin,

trägt ihre schwarzen Haare

nach hinten zusammengebunden.
Sie bietet den drei Schülern
in der Küche im Erdgeschoss
des alten Fachwerkhauses
Kakao und selbst gemachte
Plätzchen an.
Alle greifen begeistert zu.
Dann zum eigentlichen Problem:
Ja, die Aussteiger waren
bis vor kurzem noch hier.
Die Behörden haben sie
unter ernsthafter *Strafandrohung*
vertrieben.
Die Bauernfamilie habe
nicht dazu beigetragen,
sagt Gerda, während sie
den Dreien Kakao nachgießt.

Knarzen der uralt anmutenden
Treppenkonstruktion aus Holz.
Jemand schleicht sich
langsam, aber nicht unbemerkt,
Stufe für Stufe, barfuß
über dieselbe hinunter.

Gerda richtet ihren Blick zur Treppe und sieht dort ihre kleine Tochter herab schleichen, die wohl gerade erst jetzt ihren Mittagsschlaf beendet hat.

»Hey, Melanie!«, ruft sie, worauf die Neunjährige, sie ist etwas schüchtern, auf einer der untersten Stufen stehen bleibt.

»Zieh´ deine Hausschuhe an, und komm´ zu uns Schatz, - wir haben netten Besuch!«

»Okee!«, antwortet das Mädchen.

»Sie sieht Ihnen wirklich sehr ähnlich, finde ich.«, sagt Barbara mit einem Lächeln zur Kindesmutter.

»Ich weiß.«, antwortet die Bäuerin voller Stolz.

»Haben Sie vielleicht einen Tipp für uns, wo wir diese Aussteiger-Gruppe eventuell finden könnten?«, fragt Lars.

»Ich, ähm, - ich weiß es nicht.«, antwortet Gerda, wirkt daraufhin für einen Augenblick etwas nachdenklich.

Melanie kommt, jetzt in Pantoffeln, die Treppe heruntergelaufen und setzt sich neben ihre Mutter. Auch sie trägt die Haare nach hinten zusammengebunden. Gleiche Farbe, gleiches Aussehen des Gesichtes.

»Wisst ihr, es dauert immer erst einen Augenblick, ehe Melanie sich an Besucher gewöhnt. Normalerweise kommt hier niemand vorbei, - na ja, von daher ...«, sagt Gerda. Das Mädchen lächelt.

»Hast du denn schon deine Hausaufgaben angefangen?«

Melanie schüttelt den Kopf.

»Ich kann, …«, sagt sie, spricht ihren Satz aber nicht zu Ende.

»Was?«, fragt Gerda.

»Ach nix.«, sagt die Kleine, senkt während dessen den Blick. Plötzlich überwindet sie ihre Schüchternheit, lächelt nun Barbara an.

»Ich *glaube*, ich kann euch *helfen*!«

»Wie willst ´n das machen, hm?«, fragt Gerda mit skeptischem Blick.

»Nicht schimpfen Mutti, *bitte*.«, sagt Melanie, sieht ihre Mutter an und faltet dabei demonstrativ die Hände. Ein zusätzliches Augenzwinkern soll sie offenbar irgendwie bei Laune halten.

»*Oooh*, ich hab´ schon verstanden«, sagt Gerda mit etwas angesäuertem Unterton, »Das darf Papa aber nicht wissen!«

»Was hat sie denn angestellt?«, fragt Jochen.

»Papas Computer benutzt. Internet ohne Aufsicht!«, - sie wechselt den Blick zur Tochter, »Das geht gar nicht Fräulein, das weißt du!«

»Ja - aber helfen!«, entgegnet Melanie, schluckt, und fährt fort »Ich weiß wo die sind! Ist gar nicht weit von hier!«

Die Neunjährige hat tatsächlich per Internet Kontakt zu Lucy aufgenommen und ihr mitgeteilt, dass auch sie ein *ganz großer Fan* von ihr ist. Am Computer hat Melanie keine Scheu. Gerade eben erst hat sie das neue Video, welches Lucy online gestellt hat, angesehen. Die Aussteiger-Gruppe hat ihren ganzen Krempel in dem kleinen Ort Schmölln zwischengeparkt.

»Darf ich es ihnen zeigen? *Bitte* Mutti«, fleht Melanie regelrecht. Keine Spur mehr von irgendwelchen Hemmungen.

»Na - meinetwegen.«, sagt Gerda, und da dribbelt das Mädchen auch schon nach oben. Barbara folgt ihr sogleich. Jochen und Lars sehen sich gegenseitig an, zucken mit den Schultern, stehen dann ebenfalls auf. Kurz vor der Treppe dreht sich Lars schließlich noch mal um, eilt zum Küchentisch zurück, um zügig seinen restlichen Kakao auszutrinken. Jetzt aber sputet er sofort hinterher.

Im Obergeschoss folgen alle, Gerda als Letzte, der Kleinen in ein relativ geräumiges Zimmer. Dort steht der - noch laufende - PC des Vaters. Melanie wählt das besagte Video aus und startet dasselbe.

Man sieht Helga als Erste im Bild, die sich ausdrücklich für die Spenden bedankt. Immerhin habe sich jemand hier aus diesem Ort (Schmölln) bereit erklärt, für verhältnismäßig geringe Bezahlung alles Hab und Gut hierher zu bringen. Auch das könne keine wirkliche Lösung sein, aber so sei die Gruppe der *Beschlagnahme* der Wohn- und Bauwägen entgangen, die ihnen offenbar ernsthaft angedroht worden ist. Nun gut, die *Bauwägen* wurden als irgendein verbranntes Etwas anderswo entsorgt, waren nicht mehr zu retten!

12

Eine forensische Psychiatrie in Norddeutschland. Hinter einer hohen Betonmauer, auf der sich lückenlos mehrere übereinander angeordnete NATO-Draht-Rollen befinden, liegt der so genannte »Hochsicherheitstrakt«. Zahlreiche Kameras überwachen das gesamte Areal.

»Krisenräume«, oder auch - unter Patienten - »Isozellen«, beziehungsweise »Bunker« genannt, befinden sich auf jeder Station. So auch auf jener im zweiten Obergeschoss.

»Jessess-Maria unnn …«, beginnt Henry hinter einer der großen, schweren Metalltüren zu motzen, welche über verhältnismäßig breite Sichtklappen verfügen, die doch irgendwie an altmodische Briefkästen erinnern.

»Ja-ja, gemach-gemach!«, ruft eine etwas ältere Pflegerin, und öffnet die Tür. Henry steht, nur mit einer altmodischen, beigen Schlafhose sowie weißem Unterhemd bekleidet, vor der von stabilem Kunstleder ummantelten Hartschaum-

Matratze im hinteren Teil des Raumes. Seine Schuhe hat man ihm abgenommen. Er trägt nur Socken.

»Na? Können wir uns dieses Mal drauf verlassen, dass Sie nicht mehr an die Tür treten?«, fragt die Pflegerin.

»Ahjoole!«, antwortet Henry.

»Schön. Dann bring´ ich Ihnen jetzt Ihre Klamotten. Es ist dann auch gleich Hofgang. Wenn Sie sich benehmen, dürfen Sie nachher zurück in die Gemeinschaft, junger Mann!«, sagt sie, wobei das »*junger Mann*« ein kleiner Scherz sein soll. Henry plappert aber schon wieder aufgeregt vor sich hin wie ein Wasserfall.

»*Junger Mann*, i-glaab ´s gäid-lous-weil´s-jezz-lousgäid! Weil-i-enn-olde-Mónn-binn! Weil-i-old-binn-glaawi ´s gäid lous-doo!«

Armin hat inzwischen per Zug den Weg von seinen Verwandten in Süddeutschland zurück bis nach Prenzlau geschafft. Er setzt sich nun ans Steuer seines Golfs, der am Bahnhof parkt, legt den Sicherheitsgurt an und fährt ohne zu zögern los. Sein nächstes Ziel soll Grünz sein. Etwas Deftiges essen im »Deutschen Haus«. Danach ist ein Treffen mit Lucy sowie dem Rest der Gruppe geplant. Während der Autofahrt wählt Armin die Nummer der Online-Redakteurin. Nach kurzem Klingeln hebt sie auch schon ab.

»Ja?«

»Bin fast am Ziel! Also, wenn ich was anständiges gegessen hab´, treffen wir uns in Schmölln wie vereinbart.«, sagt der Biologe. Hungrig, nun ja, wann ist *der* das mal nicht? Er denkt viel mehr an sein Essen, als an Lucy und Steven. Aber Armin ist, solange man ihm seine *Spachtelei* gönnt, normalerweise sehr zuverlässig.

»Alles klar Armin«, sagt Lucy, »Ich hoffe nur, uns fällt bald mal was ein. Irgendwo müssen wir den ganzen Kram ja wieder aufbauen!«

»Wird schon«, ist sich Armin sicher, »Bis nachher dann!«

»Okay, ciao!«, sagt sie, legt schließlich auf.

Barbara, Jochen und Lars erreichen mit ihren Rädern den kleinen Ort Schmölln.

»Seht mal!«, ruft Barbara, bremst ab, womit sie den beiden jungen Männern hinter ihr ein langsameres Tempo vorgibt.

»Na, wer sagt´s denn!«, ruft Lars, der als Letzter etwas ruckartig die Rücktrittbremse betätigt, was am kurzen Quietschen auffällt.

»Du sollst uns nicht gleich ankündigen!«, sagt Jochen zu ihm. Das etwas leiser, da sie sich nun schon in unmittelbarer Nähe der drei Wohnwägen befinden. Diese stehen der Reihe nach am Straßenrand. Alle steigen jetzt von ihren Rädern ab, um sie die letzten, ungefähr fünfzig Meter, zu schieben.

Henry trägt nun wieder seine bisherige Kleidung. Man hat ihn in die Patientengemeinschaft gelassen, da es offenbar keine größeren Probleme mehr zu geben scheint. Als er eine der Toiletten aufsuchen will, dreht sich dort ein anderer Patient ruckartig um. Was hält dieser Mann mit dem kahlgeschorenen Kopf denn da in seiner Hand, was *niemand sehen darf?*

»Woss hoschenn doo-hää?«, fragt Henry, und greift flink nach der rechten Hand des

Fünfundzwanzigjährigen, die das *geheime Etwas* festhält. Es handelt sich um ein modernes Smartphone.

»*Heeey*! Spinnst du Aldaa?!«, wehrt sich der Mann, reißt erschrocken seine Augen weit auf.

»I häbb´s gsään, awwer koi Angscht! Wenn d´ mer enn klóne Gfalle duschd, verroot i´s nedd!«, sagt Henry, hält immer noch den Patienten an dessen Handgelenk fest.

»Ey, also, ey-Mann-ey-echt-ey!«, schimpft dieser, willigt nun mit einem aufgeregten »Is ja *guuut* Aldaa« ein, schluckt, und ergänzt: »Ich hab´ das Teil gerade erst vom Besuch mitbringen lassen, also verrat´ nix Mann!«.

»A *nooi*! Du sollscht mer blous woss im Internet suche, unn dónn is mer des jo scheiß egal doo!«, sagt Henry. Sein Gesichtsausdruck ist nach wie vor ernst, doch jetzt lässt er den Mitpatienten endlich los.

»Okay Mann, aber nicht hier«, sagt der nun widerwillig, »Besser drüben in der Dusche, da isses weniger auffällig Aldaa. Da isses etwas verwinkelter gebaut ey. Aber wenn ich gesucht hab´ was du willst, lass´ mich bloß in Ruhe ey!«

»Ahjoole!«, frohlockt Henry.

Barbara, Jochen und Lars, treffen in diesem Augenblick auf Yannick, als er einen der Wohnwägen verlässt.

»Tag.«, sagt der gelernte IT-Spezialist.

»Hallo.«, antworten die Drei Gymnasiasten. Für einen Moment wendet sich Yannick von ihnen ab, sicher im Glauben, es handele sich lediglich um *irgendwelche* Teenies. Als er den Dreien aber noch mal seinen Blick zuwendet, sie ihn zudem erwartungsvoll anschauen, stellt Jochen schließlich eine Frage.

»Ach-ähm, Entschuldigung! Wir suchen Lucy. Ist sie da?«

»Ah, die«, antwortet Yannick mit einem Grinsen, »Die ist mit ihrem Lover, *Steven*, unterwegs. Irgendwo *spazieren*!«

»Hm, dann warten wir, oder kommen nachher wieder.«, sagt Lars.

»Einfach warten, - kann sich nur um Stunden handeln!«, sagt Yannick.

»Kommt Leute, dreh´n wir noch ´ne Runde! Vielleicht ergibt es sich ja, dass wir die Beiden irgendwo seh´n!", sagt Barbara zu den Kameraden.

»Na, dann mal viel Glück!«, ruft Yannick ihnen hinterher, als sie gerade losfahren.

»Danke!«, rufen alle gemeinsam zurück und entfernen sich zügig.

Henry sitzt unterdessen mit dem erwähnten Mitpatienten im Vorraum zu den Duschkabinen. Sie sehen sich gemeinsam Lucys letzten Videobeitrag an.

»Doo! Guck da se ó, die ollde Schrapnell doo!«, schimpft Henry.

»Und was hast du jetzt vor?«, fragt der andere Patient.

»A, a, a-waaasch woss? I brech´ aus, unn gebb deere uff d´ Gosche nuff, weil se wärra iwwer mi herziegt! Unn wenn i e Audo klaue muss! Dess kann i da saage!«, sagt Henry in weiter aufgeregtem Ton.

»Mann, sieht die geil aus! Die würde ich am liebsten mal …«, beginnt der junge Patient seinen nächsten Satz, doch Henry unterbricht ihn sofort.

»A häääsch uff?!«, - er beginnt plötzlich dreckig zu schmunzeln und fährt fort, »Awwer doo hosch mi uff e super Idee brocht! Dess kann i da saage!«

Armin genießt im »Deutschen Haus« wieder seinen - das ist bei ihm ja Tradition - Schweinebraten. Dieses Mal mit Knödeln und einem Cola-Getränk. Sein Handy klingelt. Auf dem Display ist zu erkennen, dass gerade Lucy anruft.

»Ja, was gibt´s denn?«, fragt Armin mit noch halbvollem Mund.

»Du, Armin? Könntest du uns, also mich und Steven, nachher auf ungefähr halbem Weg mitnehmen?«, fragt sie.

»Wieso auf halben Weg?«, - er schiebt schon wieder den nächsten Happen in sich hinein.

»Na, wir haben uns etwas übernommen, sind zu weit gelaufen.«

»Mmmh!«, brummt Armin, »Is gut. Bleibt auf der bekannten Strecke, dann seh´ ich euch ja.«

»Danke, bist ´n echter Kumpel!«, sagt Lucy.

Henry hat sich inzwischen im Erdgeschoss des Psychiatriegebäudes versteckt, und zwar in unmittelbarer Nähe der Laderampe. Dorthin bringt jeden Augenblick einer der LKWs der Großküche die Essenwägen für sämtliche Stationen. Das Klinikpersonal verteilt sie dann in allen Stockwerken gemäß dem jeweiligen Aufdruck.

»A, a-a, ouu Jessess!«, brummelt Henry, wischt sich kurz mit dem Handrücken über den Mund. Der LKW kommt!

13

Der Fahrer legt den Rückwärtsgang ein, fährt dicht an die Rampe heran, steigt aus und holt nacheinander vier Wägen aus dem Fahrzeug. Fröhlich pfeifend stellt er diese parallel nebeneinander ab, begibt sich dann wieder zur Fahrertür. Henry nutzt den kurzen Augenblick, um zügig auf der anderen Seite entlang zu schleichen. Sämtliche dieser LKWs verfügen links wie auch rechts über zusätzliche Rollos. Gewohnheitsmäßig bleiben sie während der Essenanlieferung halb geöffnet, damit das Dienst habende Personal an der Sicherheitsschleuse es einfacher hat, kurz hineinzuschauen. Henry will es aber unbedingt riskieren. Er kriecht exakt in jenem Moment in den Laderaum, in dem der Fahrer vorne einsteigt!

Im zweiten Obergeschoss des Gebäudes geht ein junger Psychologe, dessen Vor-, Nachname und Berufsbezeichnung auf einem Schildchen im linken Brustbereich seines Hemdes stehen, auf die im Tagsaal sitzenden Patienten zu.

»Hallo zusammen!«, ruft der Psychologe Stefan Saller. Die Patienten wenden sich ihm zu und grüßen zurück. Sein Blick wandert durch den Raum, - von links nach rechts und zurück. Ohne Worte dreht er sich nun um, geht wieder in den Flur, wo aktuell niemand außer einer Reinigungsfrau in entsprechender Kleidung zu sehen ist, die den Boden bohnert.

»Wo steckt der denn?!«, fragt sich Herr Saller. Wen er wohl sucht?

An der Schleuse winkt die Frau am Schaltpult den LKW durch, nachdem er noch nicht einmal eine Minute darauf gewartet hat, dass sich das Rolltor hinter ihm schließt und das Zweite vor ihm öffnet. Normalerweise, so steht es auch auf einem großen Hinweisschild, *muss* der Fahrer den Motor kurz abstellen. Er hat dies aber nicht getan, was offenbar auch niemanden interessiert. Und so fährt der »große Kasten« nach draußen, - mit Henry an Bord!

»Aaahjoole!«, frohlockt der nun.

Henry bleibt hoch konzentriert in Bereitschaft, jederzeit abzuspringen, sobald sich eine passende

Gelegenheit bietet. Sie bietet sich bereits wenige Sekunden später, als ein von rechts kommender PKW Vorfahrt hat und der LKW auf Schritttempo abbremsen muss. In genau diesem Augenblick steigt er ab, rennt nun, was das Zeug hält!

Vollbremsung!

Der Fahrer hat ihn

im rechten Seitenspiegel gesehen!

Aussteigen, dem »alten Griesgram«

einige Meter hinterher rennen,

ihm ein schallendes »*Heeey*!« nachbrüllen.

»Dónge färr´s Mitnemme!«, ruft Henry.

Er verschwindet rasch.

Der LKW-Fahrer ruft

per Handy die Schleuse an.

Sofort wird Alarm ausgelöst!

Aus mehreren Richtungen

stürmt sämtliches Pflegepersonal
über das Gelände.
Deren Pager schrillen wieder,
und immer wieder.
Zumindest fürs Erste
bleibt die Suche erfolglos!
Mit stark verschwitzter Stirn
versucht Henry
an der nächstgelegenen Landstraße
sein Glück als Anhalter.
Niemand hält an, egal wie oft er
auch seinen Daumen streckt.
»Ja, - ja, a-Himmel Arsch unn Zwärrn!
Nimmt mi dann kóóna mit?!«
Nein. Keiner!

14

Armin kommt mit seinem Auto bei den Aussteigern in Schmölln an. Lucy und Steven hat er unterwegs, wie versprochen, aufgegabelt. Die komplette Gruppe ist nun nahe der immer noch hier zwischengeparkten Wohnwägen versammelt. Yannick sieht in die Runde, zuckt mit den Schultern.

»Tja. Was jetzt?«

»Wie unterwegs schon angedeutet«, sagt Lucy zu Armin, »Unsere letzte Hoffnung bist du!«

Eine Fahrradklingel ist zu hören. Alle sehen in die entsprechende Richtung. Jochen war das gerade. Barbara und Lars sind ihm dieses Mal nicht gefolgt. Weshalb, wird sich wohl gleich herausstellen.

»Hi!«, ruft Jochen, hält dicht bei der Gruppe an, stützt sich mit dem rechten Fuß am Boden ab. Alle grüßen mit leichtem Nicken. Außer Helga, die den jungen Mann direkt anspricht.

»Hallo. Können wir Ihnen irgendwie weiterhelfen?«

»Ich, und meine Kameraden, wollen *Ihnen* helfen!«, sagt Jochen und lächelt.

Die Blicke der Aussteiger signalisieren erstmal Zweifel.

»Okay, *nur*, bei was denn?«, fragt Lucy.

»Barbara und Lars, die waren vorhin auch schon mal hier, sind eben gerade unterwegs um meinen Onkel Alfons anzurufen. Ich heiße übrigens Jochen.«

»Na gut, Jochen«, sagt Lucy, »Was hat das jetzt mit uns zu tun? Ich erinnere mich an dich, herzlichen Dank noch mal für die von dir gestartete Aktion. Das war echt super!«

»Ich weiß, dass ihr ein Grundstück braucht. *Tjaaa*, - mir ist da was eingefallen!«, sagt Jochen. Yannick und Helga sehen sich kurz mit skeptischen Blicken an.

»Also:«, erklärt nun Jochen, »Uraltes, leerstehendes Bauernhaus, viel, - *sehr viel* Grünland, aber niemand, der das Ganze haben will. Niemand will das abgelegene Grundstück kaufen oder pachten. Jahrelang schon nicht. Na??«

»Wir haben kein Geld!«, sagt Helga etwas ruppig, dreht sich zur Seite, fühlt sich ernsthaft veräppelt. Aber dann läutet erneut eine Fahrradklingel, - gleich darauf eine weitere. Barbara und Lars kommen hinzu.

»Guten Tag!«, ruft Barbara.

»Hallo!«, sagt Lars.

Jochen dreht sich kurz zu ihnen um, stellt sodann beide vor.

»Da sind sie ja. Barbara, und Lars!«

»Es gibt gute Nachrichten!«, berichtet Barbara, »Alfons meint, wenn Sie alle hier sein verwildertes Grundstück etwas pflegen und in Schuss halten würden, könnten Sie dort wohnen! Vielleicht für immer, - weil, er hat ja niemanden, der es erben wird. Bevor es mal der Staat einkassiert?«

»Jetzt muss ich mich setzen!«, sagt Helga. Yannick holt ihr sofort einen Klappstuhl aus einem der Wohnwägen. Die Gruppenälteste spekuliert nun, nach dem Motto »Was wäre, wenn …?«

»*Okay*«, sagt sie schließlich, »Wenn das doch alles so stimmen würde, dann hätten wir alle einen *offiziellen Wohnsitz*, so wie die Behörden uns das ja immer vorschreiben. Na gut. *Und*, wir könnten auch unser eigenes Ding durchziehen, uns wieder selber versorgen!«

»Ja!«, ruft Lucy lächelnd.

»Eine knappe halbe Stunde mit dem Auto, von hier aus. So ungefähr, schätz´ ich.«, sagt Lars.

»Also dann«, sagt Armin, klatscht ein Mal mit den Händen, »Lasst´ mich das gleich mal überprüfen!«

Er steigt wieder in seinen PKW, Lucy nimmt als Beifahrerin Platz, und Jochen steigt hinten mit ein. Fahrt zu Onkel Alfons!

15

Niemand hat bisher die geringste Ahnung davon, dass Henry aus der forensischen Psychiatrie abgängig ist. Inzwischen hat ihn eine zweiunddreißigjährige Frau - diese sieht Lucy etwas ähnlich - mitgenommen. Während der Fahrt in dem doch recht kleinen Wagen fällt ihr schon nach kurzer Zeit auf, dass mit dem älteren Mann etwas nicht stimmt. Henry schaut fast gar nicht nach vorne auf die Straße, sondern gafft sie regelrecht an.

»Is was?«, fragt sie. Henry sagt nichts. Sie muss wieder auf den Verkehr achten, während er ihr ständig weiter ins Gesicht starrt.

»Was schauen Sie mich denn so an?!«, fragt nun die Frau, worauf Henry wieder nichts antwortet. Er tut nun so, als sehe er jetzt nur noch auf die Straße. Tatsächlich nutzt der »alte Griesgram« aber die Situation aus, als die hübsche Frau nach kurzem Kopfschütteln weiter auf den Verkehr achten muss, fasst ihr plötzlich an die Brust und bringt dadurch beide in Lebensgefahr!

Markerschütternder Aufschrei
des Opfers!
Vollbremsung!
Quietschende Reifen!
Sie kommen ins Schleudern!
Hupkonzert der
anderen Verkehrsteilnehmer!
Die rechte Faust der Frau
trifft Henrys Nase!
Blut beginnt zu fließen,
er ergreift die Flucht!
Wieder untertauchen, sich in eine
andere Ortschaft davonmachen,
die er nicht kennt.
»Jessess-Maria unnn …?!«
Dort, wo Henry sich nun umsieht,
gibt es nicht sehr viele Möglichkeiten,

sich zu verstecken.

»I loss´ mi doch nedd

noch emol oischperre!

I glaab ´s gäid lous!«...

Nervöse Atmung!

»I glaab´ i wärr glei

zum Härsch-weil-i-zum-Härrsch-wärr!

Kreiz Dunnawedda noch emol!«

Doch da sieht er das,

was ihm gerade recht kommt, -

eine Autowerkstatt!

Henry wartet ab, bis es ihm möglich ist, ruhiger zu atmen. Nach abwischen des Schweißes auf Stirn und Wangen mittels Taschentuch betritt er die Werkstatt. Ein KFZ-Meister schraubt, halb unter einem Audi liegend, an irgendwelchen Motorteilen herum und bemerkt ihn zunächst nicht.

In unmittelbarer Nähe steht ein schwarzer VW-Golf. Der Schlüssel steckt, daher ist nun alles Weitere klar. Henry öffnet sachte die Fahrertür.

»Guten Tag!«, sagt der KFZ-Meister. Er steht plötzlich auf der anderen Seite des Wagens, hat es also gemerkt, dass sich jemand hier herumschleicht. Der Mann ist gutgläubig, meint, dass »der alte Herr« sicher nur ein Interesse hat, den Golf zu kaufen oder auszuleihen.

»Hallo«, sagt Henry, »Wie feel Kilometer hot-enn der?«

»Süddeutscher, wa??«, fragt der Meister.

»Ahjoole«, antwortet Henry, erhält dann auch prompt auf sein neugieriges »Unn?«, eine klare Antwort.

»Ja, also etwas über hundertsechzigtausend Kilometer, aber alles Notwendige ist gerade gemacht worden. Er hat auch noch mal TÜV für die nächsten zwei Jahre, und…«, - Henry unterbricht ihn.

»Sóóg emol, konscht mer den mo korz ausleihe? Mol e klóóni Probefahrt mache? Gäid doch, orra??«

»Selbstverständlich«, antwortet der KFZ-Meister, »Ausweis haben Sie dabei?«

Henry sitzt schon am Steuer, tut nun so, als finde sich in seiner Hosentasche der unbedingt abzugebende Personalausweis. Sein plötzliches Grinsen bedeutet aber nichts Gutes.

»I bring´ dann wärra!«, sagt Henry, startet den Motor und fährt einfach los.

»*Stooop*!«, ruft der bis dahin Ahnungslose, doch der psychisch Kranke Mann mit der »querulatorischen Persönlichkeitsstörung«, - so wurde es vor kurzem erst diagnostiziert - haut nur noch die Fahrertür zu, erhöht sofort das Tempo, verschwindet rasant rechts um die nächste Ecke.

»Ja, ja, - ja wat soll en det jezze?«, schimpft der Betrogene, rennt noch einige zig Meter hinterher, was natürlich gar nichts mehr nützt.

Armin, Lucy und Jochen sind fast am Ziel angekommen. Onkel Alfons hat zwischenzeitlich auf Jochens Smartphone zurückgerufen. Er ist gerade noch dran.

»Also noch mal vielen Dank Onkel Alfons! Damit ist dann wohl allen in gewisser Weise geholfen, super!«, sagt Jochen. Er hat Freisprechen aktiviert, sodass die anderen mithören können.

»Warum hast du mich nicht gleich selbst von deinem Telefon aus angerufen?«, fragt der Onkel.

»Ich hab´ da hinten kein Netz gekriegt.«, sagt Jochen.

»Na gut. Meine Wenigkeit ist schon mal vor Ort. Bis gleich!«, sagt Onkel Alfons.

»Alles klar.«

Onkel Alfons hat weißes Haar, einen Oberlippenbart, trägt eine halblange, beige Hose sowie ein graues Hemd. Er rückt sein braunes Käppi zurecht, als Armin mit den anderen eintrifft. Ein schmaler Weg führt zum alten Fachwerkhaus, das in der Tat den Eindruck erweckt, als ob es gleich zusammenfällt. Aber nach einer Führung durch Alfons ist klar: Es sieht alles nur schlimmer aus, als es in Wahrheit ist. Man muss viel Energie hineinstecken, wenn das hier wirklich ein Ort zum wohlfühlen sein, beziehungsweise werden soll. Doch hierfür hat Jochens Onkel schon einen genialen Plan geschmiedet.

»So: Jochen?«

»Ja, Onkel?«

»Du, als mein einzigster Verwandter zu dem ich noch Kontakt habe, sollst auch etwas davon haben, wenn ich mal abtrete. Kann ja keiner wissen, wie lange ich noch hier auf Erden sein darf!«

Jochen sieht ihn mit erschrockenem Blick an.

»Was soll das jetzt heißen??«

»Ich habe mir gedacht, Jochen, dass du Haupteigentümer des Ganzen hier werden sollst, während die« - er räuspert sich - »*Aussteiger*, ein dauerhaftes Bleiberecht erhalten. Sie müssen dir das, was du so alles brauchst, von der Ernte abgeben, und das Grundstück in Schuss halten. *Wohnen* wirst du selber *hier* sicherlich nicht wollen, nehm´ ich mal an. Oder?«

»Hm. Also ich find´s toll Onkel! So, wie du es geplant hast. Und wegen meiner Wohnsituation: Hast Recht, ich hab´ ja schon was Mietfreies. Aber du bleibst uns hoffentlich noch ´ne Weile erhalten!«, sagt Jochen, lächelt, wechselt den Blick zu Lucy. Die lächelt ebenfalls, macht durch eine entsprechende Handbewegung deutlich, wie weitreichend das Grünland hier ist. Sie atmet ein Mal tief ein und aus, wirkt hoch zufrieden.

»Wir bleiben in Kontakt!«, sagt Armin, gibt Onkel Alfons die Hand.

»Wir hören bald wieder von einander!«, sagt der Dreiundachtzigjährige, schüttelt auch Lucy und Jochen die Hand.

16

An jener Stelle der Landstraße, an welcher Henry per Anhalter mitgenommen worden ist, stehen nun, zusammen mit der geschädigten Frau, zwei Polizeibeamte in Uniform. Am Straßenrand parkt das Einsatzfahrzeug, dessen Blaulicht noch blinkt.

»Und Sie sind sich sicher, dass er genau hier, an dieser Stelle, in Ihren Wagen gestiegen ist?«, fragt einer von der Beamten.

»Ja.«, antwortet die immer noch sichtlich angespannte Zweiunddreißigjährige. Ihre Nerven liegen nach diesem Erlebnis einfach blank. Anhalter wird sie von nun an nicht mehr mitnehmen!

Henry fährt etwas weiter entfernt mit dem gestohlenen VW-Golf dieselbe Landstraße entlang, hört Popmusik, wippt während dessen fröhlich im Takt. Bis dann auf einmal das Radioprogramm auf Grund einer Eilmeldung unterbrochen wird.

»Wir unterbrechen kurz unser Programm aus gegebenem Anlass: Achtung Autofahrer! In der Region Prenzlau, Grünz, Schmölln, ist ein betagter Mann mit einem gestohlenen, schwarzen VW-Golf unterwegs! Es handelt sich hierbei um den aus der forensischen Psychiatrie entflohenen Henry S., - …«

»Verdommt noch emol! A, i glaab ´s gäid lous! Häwwä mi die Schereschleifer schunn wärra gfunne!«, schimpft Henry, haut vor Zorn mit der rechten Hand auf das Lenkrad.

»… Achten Sie bitte auf das folgende Kennzeichen: …«, fährt die Radio-Moderatorin fort, worauf er sofort hektisch abschaltet. Nach tiefem Luftholen, folgt sogleich sein Fluchen.

»Modder-Vadder-eier-Kinner!«, - Henrys Nervosität steigt bis ins Unermessliche. Hektisch schaltet er in den nächst niedrigeren Gang, gibt sofort Vollgas!

Helga sitzt zusammen mit Barbara, Lars, Steven und Yannick in einem der Wohnwägen am dortigen Tisch. Sie essen Linzertorte und trinken Kaffee.

»Aaah, ich habe *sooo* lange keinen richtigen Kaffee mehr getrunken, - *ach jaaa*...«, schwärmt die Gruppenälteste, »Also *daran* könnte ich mich doch glatt wieder gewöhnen!«

»Hm. *Okay,* also, ich weiß nicht. Mal ehrlich: Wie lange haben Sie denn darauf verzichtet? Also ich könnte mir das gar nicht vorstellen, so typisch alltägliche Dinge einfach aufzugeben?«, fragt Barbara.

»*Mmmh*!«, - Helga genießt, tief in schöne Erinnerungen an früher versunken, denkt daran, wie es noch lange Zeit vor ihrer vielen Probleme mal war, - damals, noch lange Zeit vor der ewig andauernden Finanzkrise. Yannick antwortet nun stellvertretend.

»Schon einige Jahre.«

»Vier!«, sagt schließlich Helga. Sie gießt sich Kaffee nach, greift nach der Milch, lässt diese aber dann doch stehen, wedelt mit dem Zeigefinger.

»Mmmh, - ne. Ne-ne-ne-ne! Schwarz muss er sein!«, kommentiert sie, und setzt erneut die Tasse an, als nun die Hupe eines PKWs zu hören ist.

Armin, Lucy und Jochen sind mittlerweile wieder zurück. Yannick steht auf, gefolgt von Steven. Die Beiden gehen nach draußen, um eventuelle Neuigkeiten als Erste erfahren zu können. Barbara, dann Helga und Lars, kommen schließlich nach.

Auf der Straße versammelt, sehen nun alle Armin erwartungsvoll an.

»Stimmt«, sagt er, »Ihr könnt heute noch umsiedeln!«

»Ach du meine Güte! Und ich alte Pute habe gedacht, es ist alles nur ein schlechter Scherz!«, ruft Helga. Sie geht auf Jochen zu, umarmt ihn schließlich, winkt Barbara und Lars herbei, drückt auch die Beiden.

»Ihr seid einfach *suuuper* - Leute, *super*! Ich, ja, - alle unsere Mitglieder sind euch unendlich dankbar!«, freut sich die Gruppenälteste.

»Na, dann mach´ ich gleich mal meinen nächsten Videobericht fertig: *Happy End*!«, sagt Lucy. Sie nimmt ihr Smartphone aus der Hosentasche und geht alleine die Straße entlang, um die Aufnahme mit einer Wiese, oder auch dem angrenzenden Wald als Hintergrund anfertigen zu können. Die anderen feiern den Erfolg bei Kaffee und Kuchen im Wohnwagen.

Lucy filmt sowohl sich selbst, als auch zwischendurch den Weg, auf dem sie lässig voranschreitet, und berichtet während dessen vom aktuellen Stand. Nachher will die junge Blondine das Audio- und Videomaterial, wie sonst auch immer, zurechtschneiden, vom fertigen Film eine Sicherungskopie auf Chipkarte anfertigen, schließlich den Videobericht auf ihre Website hochladen. Ihre zahllosen Fans können es sicher kaum erwarten.

»Hallo meine Freunde!«, - so beginnt sie den Beitrag, »Nun hat sich doch noch alles zum Guten entwickelt: Die Gruppe hat eine offizielle Unterkunft, kann weiterhin autark leben, und ich habe mir zeitweise auch schon mal Gedanken darüber gemacht, selber auszusteigen. *Ich steige aus!* Nee, Scherz beiseite! Ich bleibe mit der Aussteiger-Gruppe in Kontakt. Diese Menschen sind mir ans Herz gewachsen …«

Henry schleicht sich immer näher und zügiger an Lucy heran. Als sie weiterdiktieren will, überfällt er die junge Frau heimtückisch von hinten, hält ihr mit beiden Händen den Mund zu. Er geht ziemlich grob vor, fügt ihr somit auch zusätzliche Schmerzen zu! Erschrocken lässt sie ihr Smartphone zu Boden fallen!

»Sou, du Schrapnelle du! Häwwi doch gsóód, mit dem Olde läigt ma si nedd óóó! Runner uff de Boode, wärd´s ball?!«, droht Henry, fällt aber plötzlich selbst auf den schmutzigen Weg. Eine Passantin schlägt auf seinen Nacken ein. Die Handtasche der älteren Dame reicht jedoch nur einen kurzen Augenblick zur Abwehr aus. Henry schafft es, obwohl die Rentnerin weiterhin kräftig mit der Tasche auf ihn einschlägt, aufzustehen.

»Hilfeee! Polizei!«, schreit die Dame, was hier wohl kaum jemand hören wird. Nun ja, wirklich nicht?

»Ja, die kommt auch gleich!«, ruft eine Männerstimme aus dem Hintergrund. Henry bekommt einen kräftigen Tritt in die Magengrube verpasst. Der Retter in der Not: Steven!

»Steven«, ruft Lucy, hyperventilierend vor Aufregung, »Wo kommst du denn plötzlich her?«

»Armin hat mich gewarnt. Er hat Radio gehört und die dringende Warnmeldung mitbekommen, dass dieses Sackgesicht hier auf der Flucht ist und in unserer Gegend aufhältlich sein soll«, - er schüttelt mit einem Grinsen den Kopf, »Dich kann man ja nicht mal fünf Minuten alleine lassen!«

»Hast Recht, Superheld! Nächstes Mal gehst du gleich mit!«, sagt Lucy scherzhaft.

»Hoffen wir, dass es *kein nächstes Mal* gibt!«, sagt die ältere Dame, setzt dazu an, Lucy auf etwas anzusprechen, nickt aber dann lediglich, als sich das, was sie ihr gerade sagen wollte, wohl von selbst erledigt hat. Und zwar: Polizei anrufen! Frau Online-Redakteurin wählt bereits, nach aufheben des teuren Smartphones, welches gleich noch ein perfektes Beweisstück darstellt. Denn die Video- und Tonaufnahme ist bis gerade eben immer noch gelaufen. Pech für den »alten Griesgram«, der nun freiwillig auf dem Boden sitzen bleibt!

»Jessess-Maria unnn…«

17

Drei Wochen später. Die Aussteiger-Gruppe hat inzwischen die drei Wohnwägen auf dem von Onkel Alfons zur Verfügung gestellten Gelände nebeneinander abgestellt. Neue Bauwägen sind nicht mehr notwendig, stattdessen arbeiten alle sehr fleißig an der Renovierung des alten Bauernhauses, ziehen am selben Strang und haben sehr viel Freude daran. Ein wenig Geld fürs Erste haben Lucy und Armin beigesteuert. Über Tauschgeschäfte organisieren sie sich die wichtigsten Utensilien wie auch Nahrungsmittel, bis irgendwann die Eigenproduktion wieder alles, beziehungsweise, wenigstens das Allerwichtigste, decken wird.

Yannick befestigt gerade vier große Solarmodule auf dem Dach. Das reicht dann erstmal für Licht und die ganzen Kleingeräte, etwa den Tablet-PC, das Smartphone und mittlerweile ein modernes Laptop von »Frau Online-Redakteurin«. Sascha unterstützt Yannick bei den Montagearbeiten. Die Männer haben Glück, was das Wetter angeht. Viel Sonne, ein strahlend blauer Himmel, wenige weiße Wölkchen.

Unten vor dem Hauseingang sonnen sich Helga und Hannah in Liegestühlen. Der Bereich um das Haus ist mit hohem Maschendrahtzaun weiträumig gegen ein Davonlaufen der Hühner gesichert. Obwohl Armin sich sicher ist, dass die Tierchen das in dieser Umgebung gar nicht tun würden.

»Ach, ist das schön!«, sagt Helga, dreht sich lächelnd zu Hannah um.

»Ja, wir haben´s geschafft!«, antwortet sie. Die Blicke der beiden Frauen wandern den Hühnern nach, die innerhalb der Einzäunung hin- und her stolzieren. Es sind deren viele. Armin hat den neuen Bestand zusammengestellt. Doch nicht nur Vorwerk-Hühner, sondern ein Mischvolk aus fünfzehn dieser Rasse, sowie jeweils die gleiche Anzahl an Deutschen Sperbern, Sundheimer- und Brakel-Hühnern. Sie vertragen sich untereinander sehr gut, - tatsächlich auch die männlichen Artgenossen. Hahnenkämpfe werden anscheinend deswegen nicht mehr beobachtet, weil den Tieren ein besonders großer Auslauf zur Verfügung steht. Schön! Aber, wo ist nun der Hühnerstall?

Der wird in diesem Augenblick an der Rückseite des alten Fachwerkhauses von Gloria und Steven fertiggestellt. Sehr geräumig, das muss er auch bei sechzig Tieren sein! Die ebenfalls riesige Wiese hinter dem Haus ist - genau wie im Eingangsbereich - ziemlich niedrig gemäht. Gartenatmosphäre im Riesenformat. Deutlich weiter hinten dann, kunterbunte Vielfalt: Tomatenpflanzen, Paprika, Kräuter, auch unzählige Teekräuter, Erdbeeren, und-und-und! Natürlich wurde auch an das heiß geliebte »Maggikraut« gedacht, also Liebstöckel. Armin hat sich um erstklassige, vorgezüchtete Pflanzen gekümmert. Kartonweise, - so klappt der Schnellstart! Außerdem zu sehen: Zelte, und noch mal Zelte. Gewächshaus-Zelte, in welchen Hannah wieder alles anbaut und später überwintert, was zum autark sein dazu gehört.

Einer der Toilettenräume im Bauernhaus. Lucy sieht in den Spiegel am kleinen Waschbecken. Es geht ihr nicht gut.

»Hallo Leute!«, so begrüßt Armin gerade unüberhörbar die anderen.

»Hallo Armin!«, ruft Helga.

»Wo ist denn unsere *Frau Online-Redakteurin*?«, will er schließlich wissen. Lucy hört alles durch das gekippte Fenster mit. Sie überkommt schlagartig ein erneuter, jetzt noch heftigerer Übelkeitsschub. Genau wie wenige Minuten zuvor.

»Schau´ mal drinnen nach!«, sagt Helga.

»Okay!«, sagt Armin.

Erbrechen, oh nein!

Noch mal. Ausgerechnet jetzt!

Na endlich, das war´s.

Wenigstens vorerst.

Schnell die Spülung betätigen,

hektisch den
Schwangerschaftstest verstecken!
Nur wo?
Verdammt, Armins Schritte
sind zu hören.
Er kommt näher, ruft laut
»Luuucy?«.
Wieso muss der *Herr Biologe*
auch exakt *jetzt* nach ihr suchen!
Er wollte doch lediglich
eine weitere, letzte Ladung
vorgezüchtete Pflanzen anliefern.
»Luuucy? Wo steckst du denn?«
Ab in den Mülleimer damit!
Da wird er ja
nicht gerade reinschauen!
Rausgehen in den Flur,

ihn begrüßen.

Sich nichts anmerken lassen.

Ob ihm doch etwas auffällt???

Ja, leider!

»Mein Gott, du
siehst aber blass aus!«

Das »Ach was« will Armin
nicht akzeptieren.

Und jetzt?

Rein *zufällig* muss er nebenbei
auch noch auf das Klo,
um dort seinen Kaugummi
im Mülleimer zu entsorgen.

Warum kann denn dieser Mann
nicht die paar Meter
bis zur Küche laufen?!

Er spuckt nun den Kaugummi

in den Eimer.

Deckel zu. Gut!

Nein, zu früh gefreut!

Er öffnet ihn noch mal.

»*Häää*?? Da war doch …«

Verdammt aber auch,

jetzt ist alles zu spät!

Armin sieht einige Sekunden lang den im Müll liegenden Indikatorstreifen an.

»Ooooh-Mann!«, schimpft Lucy.

»*Das* ist es also«, sagt Armin, beginnt zu lächeln, legt seine rechte Hand auf ihre linke Schulter. »Du musst es ihm sagen!«

»*Jaaa*, aber nicht gleich vor dem ganzen Volk!«, entgegnet Lucy. Sie gehen gemeinsam durch den Flur zur Küche.

»Soll ich ihn alleine herholen?«, fragt Armin.

»Wart´ noch, - ich muss es selbst erstmal begreifen. Erzähl´ bloß nichts rum, bevor ...«, - er unterbricht sie.

»*Nein*, nur keine Sorge. Aber, freu´ dich doch! Ihr wolltet doch sicher Nachwuchs, oder? Komm´, gib´s doch zu!«

»*Jaaa*, aber doch nicht *jetzt*!«, sagt Lucy, und schaut auf ihren - selbstverständlich nach so kurzer Zeit noch nicht »dicken« - Bauch.

18

Forensische Psychiatrie, Krisenraum im zweiten Obergeschoss des bekannten Gebäudes im speziell abgeschirmten Hochsicherheitsbereich. Der Psychologe Stefan Saller schließt die schwere Metalltür auf.

»Loss´ mi blous in Ruuh´ - i saag´ dass, du Schereschleifer!«, brüllt Henry, ohne zu wissen, welche Person gerade öffnet. Der ewige Querulant sitzt hinten auf der speziellen »Bunkermatratze«.

»Und? Wollen Sie immer noch nicht mit mir reden?«, fragt Herr Saller. Henry deutet hektisch mit seinem Zeigefinger auf ihn.

»Ear seid sellwa nedd gónz sauwa! *Noch nicht mit mir reden wollen*! I glaab ´s gäid lous - du Schmalzdackel!«

Saller schmunzelt, antwortet schlagfertig.

»Sie - gell, man zeigt nicht mit nacktem Finger auf angezogene Leute! *Begreifen* Sie das *nicht?*«

»I loss´ mi doch funn der nedd beleidige, du …«, - der Psychologe unterbricht ihn und spricht den Satz zu Ende.

»Du *Schereschleifer*! Ich weiß, ich weiß!«

»A, a, - a loss´ mer doch moi Ruuh! Du Deeepp!«, schimpft Henry. Stefan Saller schließt bereits wieder von außen ab.

»Sie werden noch sehr lange bei uns bleiben! Bis Sie zum *alten Inventar* gehören!«, - nach diesen Worten verlässt er sodann den *Kriseninterventionsbereich*, so wie man das dort nennt.

Im bekannten Internetcafé sitzen aktuell Jochen, Lars und Barbara dich beisammen an Platz sieben. Wieder mal läuft hier ein Video von Lucy.

»Aha. Schaut euch das mal an!«, sagt Jochen, als Lucy über das Neueste vom Tag berichtet.

»… Ihr werdet es nicht glauben, meine Freunde. Ich musste heute zwei Mal erbrechen, mich plagen Heißhungerattacken und überdreht bin ich auch andauernd! *Naaa*? Ihr wisst, was das bedeutet? *Jaaa*! Ich - bin - *schwanger*!«

Die drei Gymnasiasten lachen plötzlich drauflos.

»Ey - wie die das eben gebracht hat - hahaaa!«, amüsiert sich Lars. Dann lauschen alle schnell wieder gespannt dem wohl amüsantesten Videobeitrag seit Lucys Veröffentlichungen!

»Nun gut. Steven weiß es mittlerweile auch. Aber wisst ihr was? Obwohl er sich riesig freut, muss der Herr *es erstmal verdauen*. Tja: *Mmmääänner* halt!«…

Steven und Lucy stolzieren, Händchen haltend, den langen Zufahrtsweg vom Bauernhaus abwärts zur nächsten Ortschaft. Sie sind glücklich. Einfach nur glücklich. Zeitgleich sitzen Yannick, Sascha, Helga und Hannah in der Küche im Erdgeschoss der neuen Unterkunft beisammen, um alles Bisherige zu resümieren. Schließlich auch, um zu überlegen, wie es nun allgemein weiter gehen soll, oder wird.

»Also, meine Lieben«, sagt Helga, »Was habt ihr denn vor, so die nächsten Monate, oder Jahre? Also ich mache alles so, wie gehabt!«

»Jo«, sagt Yannick, »*Ich* werde selbstständig arbeiten. Oben ein kleines Büro einrichten und Software entwickeln, Spezialaufträge annehmen, - jo. *Jooo*! Und euch hier bei allem was so anliegt, weiter unterstützen.«

»Lucy und Steven werden demnächst heiraten«, glaubt Hannah zu wissen, »Sie wird zwar immer wieder mal wegfahren müssen. Doch sie gehört hierher. Zu Steven, und der bleibt ohnehin hier bei uns! Meine Wenigkeit ist mit den Aufgaben vor Ort mehr als zufrieden!«

»Schön! Ich weiß noch nicht, was bei mir so ansteht. Aber wegziehen will ich auf gar keinen Fall! Hier haben wir Freiheiten, die es anderswo nicht gibt!«, sagt Sascha.

»Wir sind …«, beginnt Helga ihren nächsten Satz und legt ihre rechte Hand flach auf die Tischmitte, die anderen legen die Ihren nacheinander darüber, »… alle eine große Familie. Und wir bleiben eine Familie!«